小故事大道理

XIAOGUSHI
DA DAOLI

BENCONGSHU
BIANWEIHUI BIAN

本丛书编委会◎编

世界图书出版公司

广州·北京·上海·西安

图书在版编目（CIP）数据

小故事大道理/《青少年必读丛书》编委会编．—广州：
广东世界图书出版公司，2009.10 （2024.2 重印）
（青少年必读丛书）
ISBN 978 - 7 - 5100 - 1077 - 4

Ⅰ．小… Ⅱ．青… Ⅲ．故事—作品集—世界 Ⅳ．I14

中国版本图书馆 CIP 数据核字（2009）第 169622 号

书　　　名	小故事大道理	
	XIAOGUSHI DADAOLI	
编　　　者	《青少年必读丛书》编委会	
责任编辑	张梦婕	
装帧设计	三棵树设计工作组	
出版发行	世界图书出版有限公司　世界图书出版广东有限公司	
地　　　址	广州市海珠区新港西路大江冲 25 号	
邮　　　编	510300	
电　　　话	020-84452179	
网　　　址	http://www.gdst.com.cn	
邮　　　箱	wpc_gdst@163.com	
经　　　销	新华书店	
印　　　刷	唐山富达印务有限公司	
开　　　本	787mm×1092mm　1/16	
印　　　张	13	
字　　　数	160 千字	
版　　　次	2009 年 10 月第 1 版　2024 年 2 月第 11 次印刷	
国际书号	ISBN　978-7-5100-1077-4	
定　　　价	49.80 元	

前 言

Qing shao nian bi du cong shu

很多人为了领悟人生哲理费尽心思，殊不知一滴水里就蕴藏着浩瀚的大海，一个小故事中就孕育着博大的智慧。智者说：一花一天国，一沙一世界。真正有智慧的人往往能从小细节中看到大景观，从小故事中悟出深道理，从小事件中总结出真智慧。所谓"大音希声，大象无形"，那些博大精深的内涵往往孕育在最简单最常见的事物中。

本书所收录的经典小故事，都是从浩如烟海的成功学著作和杂志中提炼出来的，将许多人生哲理以最简单、最朴实的方式呈现给读者，让读者能抛开理论的迷雾。直入心灵。获得人生感悟，所选故事可谓最经典、最深刻、引用范围最广泛，每则故事后还附有短小精辟的人生哲理，启人心智，发人深省。

人生奥妙就在这些不起眼的小故事中！几段小故事、几篇小童话、几则小成语……小中见大，平中见奇，小小故事中隐藏着深刻的人生哲理，给予我们神奇的力量！解决"大"问题的"小"书，本书让我们在故事中明白道理、在成语中获取智慧、在意外中看到创新、在游戏中增长学问……妙趣横生的小故事给你带来愉悦的阅读享受。知识与智慧为你带来人生中的巨大成功。

如果把一盏灯放进全黑的房间，黑暗会瞬间消失，房间顿时有了光明。这时，如果增加十盏、百盏或千盏明灯，房间就会变得越来越亮。

愿书中的这些哲理故事能成为点亮你人生的灯，在它的照耀下，我们可以把不快的忧伤变为沉醉的美酒，把午夜的黑暗化为黎明的曙光，使原本没有意义的人生之旅变得格外轻松、欢快、达观。

目 录

第一辑　为人

第二辑　诚信

Contents

Contents

Contents

Contents

Contents

第一辑　为人

　　童年的幸福盛在酒窝里,青春的情思藏在心窝里。人从婴儿到幼儿到童年到少年到青年,是人生经历中最具唤醒良知、孕育大智、祛除卑劣、清除污毒的神力部分。

智者的忠告

　　山顶住着一位智者,他胡子雪白,谁也说不清他有多大年纪。

　　男女老少都非常尊敬他,不管谁遇到大小事情,都来找他,请求他提些忠告。

　　但智者总是笑眯眯地说:"我能提些什么忠告呢?"

　　这天,又有一个年轻人来求他提忠告。

　　智者仍然婉言谢绝,但年轻人苦缠不放。

　　智者无奈,他拿来两块窄窄的木条,两撮钉子:一撮螺钉,一撮直钉。

　　另外,他还拿来一个榔头,一把钳子,一个改锥。

　　他先用锤子往木条上钉直钉,但是木条很硬,他费了很大劲,也钉不进去,倒是把钉子砸弯了,不得不再换一根。

　　一会儿工夫,好几根钉子都被他砸弯了。

最后，他用钳子夹住钉子，用榔头使劲砸，钉子总算弯弯扭扭地进到木条里面去了。

但他也前功尽弃了，因为那根木条也裂成了两半。

智者又拿起螺钉、改锥和锤子，他把螺钉往木板上轻轻一砸，然后拿起改锥拧了起来，没费多大力气，螺钉钻进木条里了，天衣无缝。

智者指着两块木条笑笑："忠言不必逆耳，良药不必苦口，人们津津乐道的逆耳忠言、苦口良药，其实都是笨人的笨办法。硬碰硬有什么好处呢？说的人生气，听的人上火，最后伤了和气，好心变成了冷漠，友谊变成了仇恨。我活了这么大，只有一条经验，那就是绝对不直接向任何人提忠告。当需要被指出别人的错误的时候，我会像螺丝钉一样婉转曲折地表达自己的意见和建议。"

大道理 在人际交往中，要学会像螺丝钉一样婉转曲折地表达自己的意见和建议。忠言不必逆耳，良药不必苦口。

斯坦福大学的故事

一对衣着简陋的夫妇坐火车去波士顿，到了目的地后，他们就直接找到哈佛大学，闯进校长接待室。

"对不起，我们没有预约。但是，我们想见校长。"那穿着破旧的套装的丈夫轻声地对秘书说。

秘书眉头微皱，说："噢，校长他很忙。"

"没关系，我们可以等他。"穿着褪色方格棉布衣的妻子微笑着说。

几个小时过去了，秘书没有再搭理他们。秘书不明白这对乡下夫妇和哈佛大学会有什么关系,她希望他们会气馁,然后自己离开。可他们丝毫没有想走的意思,尽管不太情愿,秘书决定还是去打扰一下校长。

"可能,他们只需耽误几分钟。"秘书对校长说。

校长的确很忙,他可能不会将太多的时间花费在那些他看来无关紧要的人身上。尽管如此,校长还是点头同意会见客人。

女士告诉校长说;"我们的儿子进入哈佛大学一年了,他爱哈佛大学。他在这里很快乐。"

"夫人,谢谢你的儿子爱哈佛大学,你知道,哈佛大学的学生都爱哈佛大学。"校长说。

"可是在一年前,他意外地死了。"

"噢,真不幸,夫人。"

"我丈夫和我想在学校的某个地方为他竖立一个纪念物。"

"非常遗憾,夫人!"校长说,"你知道,我们不可能为每一个进入哈佛大学后死去的人竖立纪念物。如果这样做,这哈佛大学不就成公墓了吗?"

"噢,对不起,先生!"女士赶紧解释,"我们并不想要竖立一尊雕像。我们只是想说我们愿给哈佛大学建座楼。"

校长的目光落在这对夫妇粗糙简陋的着装上,惊叫道:"一栋楼!你们知道建一栋楼要花费多少钱?仅在哈佛大学的自然植物,价值就超过 750 万美元!"

校长为这远道而来的夫妇感到悲哀,他们真是太幼稚了。女士沉默了,校长松了口气,他终于可以和这夫妇俩说再见了。

女士转过身平静地对她的丈夫说:"亲爱的,这笔耗费不是可以另开一所大学吗?为什么我们不建立一所自己的学校呢?"

面对校长的一脸疑惑,那位丈夫坦然地点了点头。斯坦福夫妇离开了，他们去了加利福尼亚州。在那里，他们建立了以自己孩子的名字命名的大学——斯坦福大学。

大道理 人们常常被自己的眼睛所看到的表象蒙蔽。故事中的校长，由于一种偏见，错失了一个良机，当然，也促成了另一所世界一流大学的成立。

每个人都是富翁

一个老人在一条小河边遇见一位忧郁的青年。这青年唉声叹气，满脸愁云。

"孩子，你为何如此郁郁不乐呢?"老人关切地问。

青年看了一眼老人，叹了口气，说："我是一个名副其实的穷光蛋。我没有房子，没有老婆，更没有孩子。我也没有工作，没有收入，整天饥一顿饱一顿，度日如年。老人家，像我这样一无所有的人，怎么能高兴得起来呢?"

"傻孩子。"老人笑道，"其实，你应该开怀大笑才对!"

"开怀大笑?为什么?"青年不解地问。

"因为，你其实是一个百万富翁哩!"老人有点儿诡秘地说。

"百万富翁?老人家，您别拿我这穷光蛋寻开心了。"青年不高兴了，转身欲走。

"我怎敢拿你寻开心?孩子，现在你能回答我几个问题么?"

"什么问题?"青年有点好奇。

"假如，现在我出20万元，买走你的健康，你愿意么?"

"不愿意。"青年摇摇头。

"假如，现在我再出20万，买走你的青春，你愿意么?"

“当然不愿意!”青年干脆地回答。

“假如,我再出20万,买走你的英俊的相貌,你可愿意?”

“不愿意!当然不愿意!”青年的头摇得像拨浪鼓。

“假如,我再出20万,买走你的智能,让你从此浑浑噩噩,度此一生,你可愿意?”

“傻瓜才愿意。”青年一扭头,又想走开。

“别慌,请回答完我最后一个问题。假如现在我再出20万元,让你去杀人放火,让你从此失去良心,你可愿意?”

“天哪!干这种缺德事,魔鬼才愿意。”青年愤愤道。

“好了,刚才我已经开价100万元了,仍然买不走你身上的任何东西,你说,你不是百万富翁,又是什么?”老人微笑着问。

青年恍然大悟。他笑着谢过老人的指点,向远方走去。从此,他不再叹息,不再忧郁,微笑着寻找他的新生活去了。

大道理 如果每一个人都有自己的抱负并为之努力,这世界就不会再有穷人。人生的悲哀,不在于没有拥有财富,而在于没有意识到自己已经拥有的财富。

最出色的报复

春秋时期,魏国与楚国相邻,两国交界地方的村民们都喜欢种瓜。不巧这年春天比较干旱,由于缺水,瓜苗长得很慢。

魏国的一些村民担心这样旱下去会影响收成,就每天晚上到地里挑水浇瓜。连续浇了几天,魏国村民的瓜地里,瓜苗长势明显好起来,比楚国村民种的瓜苗要高很多。

楚国的村民一看到魏国村民种的瓜长得又快又好,非常嫉妒,有些人晚间便偷偷跑到魏国村民的瓜地里去踩瓜秧。

当魏国人准备以牙还牙时,县令宋就忙赶到众村民那里,对他们说:"我看,你们最好不要去踩他们的瓜地。"

村民们气愤已极,哪里听得进去,纷纷嚷道:"难道我们怕他们不成,为什么让他们如此欺负我们?"

宋就摇摇头,耐心地说:"如果你们一定要去报复,最多解解心头之恨,可是,以后呢?他们也不会善罢甘休,如此下去,双方互相破坏,谁都不会得到一个瓜的收获。"

村民们觉得有道理,问道:"那我们该怎么办呢?"

宋就趁热打铁说:"你们每天晚上去帮他们浇地,结果怎样,你们自己就会看到。"

村民们只好按宋县令的意思去做。楚国的村民发现魏国村民不但不记恨,反倒天天帮他们浇地,惭愧得无地自容。

这件事后来被楚国边境的县令知道了,便将此事上报楚王。楚王原本对魏国虎视眈眈,听了此事,深受触动,甚觉不安,于是,主动与魏国和好,并送去很多礼物,对魏国有如此好的官员和人民表示赞赏。

魏王见宋就为两国的友好往来立了功,也重重赏赐了宋就和他的辖内百姓。

大道理 当受到伤害时,真正有修养的人能够意识到只有爱才是对恶的真正否定,所以就产生了宽恕之心,以德报怨,在别人伤害他们的伤口上培育爱的花朵。

诚实的果实

有一天，亚历山大大帝到花园散步。在小榭亭旁，他看到一个年轻的侍从因疲倦而靠在石柱上沉睡，腮边还挂着一点儿泪珠。

亚历山大大帝觉得有些奇怪，刚想厉声喝醒那个偷懒的侍从，但一转念又停住了。因为他看到一封已经拆开的信从侍从的衣袋里掉了出来。

在好奇心的驱使下，亚历山大大帝拾起了那封信。

原来信是侍从的母亲写来的，信上说侍从上次托人带回家的钱已经买了药，够吃些日子了，并劝慰儿子不要记挂母亲的病……

看完信，亚历山大大帝深感母爱的伟大，于是，他从口袋里取出一袋金币放进侍从的衣袋中，转身返回了宫殿。

过了一会儿，侍从从睡梦中醒来，下意识地摸衣袋里的家书时，竟意外地在衣袋里发现一袋金币，装金币的金丝袋上还有亚历山大大帝的名字。侍从顿时惊出一身冷汗，心里害怕极了，心想这一定是有人陷害自己。为了澄清自己，侍从连忙到宫殿求见亚历山大大帝。

亚历山大大帝听到禀报后，立即接见了那个侍从。

"尊敬的陛下，小人刚才没有忠于职守，偷懒睡了一会儿，醒来时发现衣袋里有一袋金币。这一定是有人想陷害我，望陛下明查。"说完，侍从手捧那袋金币递过去。

亚历山大大帝听了，和蔼地笑道："看来，你很诚实，那么这袋金币就是你诚实的果实。现在你可以把这些金币捎回家，给母亲买药治病了。"

侍从做梦也没有想到，自己的诚实会获得如此丰厚的回报。

大 道 理 诚实是人心灵纯净的折光，不仅可以照亮自己，也能温暖他人。一个人拥有了诚实，也就拥有了"生命的黄金"。

分 苹 果

一个人一生中最早受到的教育来自家庭，来自母亲对孩子的早期教育。美国一位著名心理学家为了研究母亲对人一生的影响，在全美选出 50 位成功人士，他们都在各自的行业中获得了卓越的成就，同时又选出 50 位有犯罪记录的人，分别给他们去信，请他们谈谈母亲对他们的影响。有两封回信给他的印象最深。一封来自白宫的一位著名人士，一封来自监狱的一位服刑犯人。他们谈的都是同一件事：小时候母亲给他们分苹果。

那位来自监狱的犯人在信中这样写道：小时候，有一天妈妈拿来几个苹果，红红绿绿，大小各不同。我一眼就看中一个又红又大的苹果，十分喜欢，非常想要。这时，妈妈把苹果放在桌上，问我和弟弟想要哪一个？我刚想说要最大最红的一个，这时弟弟抢先说出我想说的话。妈妈听了，瞪了他一眼，责备他说：好孩子要学会把好东西让给别人，不能总想着自己。

于是，我灵机一动，改口说："妈妈，我想要那个最小的，最大的留给弟弟吧。"

妈妈听了，非常高兴，在我的脸上亲了一下，并把那个又红又大的苹果奖励给我。从此，我学会了说谎，又学会了打架、偷、抢。总之，为了得到想要得到的东西，我不择手段。直到现在，我被送进监狱。

那位来自白宫的著名人士是这样写的：小时候，有一天妈妈拿来几个苹果，红红绿绿，大小各不同。我和弟弟们都争着要大的，妈妈把那个最大最红的苹果举在手中，对我们说："这个苹果最大最红最好吃，谁都想要得到它。很好，现在，让我们来作个比赛，我把门前的草坪分成三块，你们三人一人一块，负责修剪好，谁干得最快最好，谁就有权得到大苹果!"

我们三人比赛除草，结果，我赢得了那个最大的苹果。

我非常感谢母亲，她让我明白一个最简单也最重要的道理：要想得到最好的，就必须努力争第一。她一直都是这样教育我们，同时她自己也是这样做的。在我们家里，你想要什么好东西都要通过比赛来赢得，这很公平。你想要什么、想要多少，就必须为此付出努力和代价!

大道理 推动摇篮的手，就是推动世界的手。母亲是孩子的第一任教师，可以教孩子说第一句谎言，也可以教孩子做一个诚实的、永远努力争第一的人。

做一件不经意的小善事

希拉·凯茵饱受纤维肌肉瘤之苦。超常的体重，使她的行动严重受阻。但她压根没想到几位好心的陌生人让她第一次发现了自己的个人魅力并重新找回了信心。

凯茵在网上发现了一个专为妇女减肥的网站。一个大约由15个成员组成的小组，几个月来一直与凯茵保持密切联系，耐心地教给她减肥的有效方法，并交流各种心得，这使凯茵一下减了45公斤多。当此网站计划在芝加哥主持一个大会的消息传来时，此时的凯茵身体已强壮得足以成行,但却受限于她的财力状况而只好放弃。

几位凯茵的网友,她们以教母自称而不愿透露自己的真实姓名,慷慨而悄无声息地为凯茵捐助了她此行所需要的一切费用。凯茵从来不知道她们的姓名,但她心里明白是她们赞助了她并承认她所取得的成果。

"我简直不能相信,"凯茵回忆道,"这简直就像个童话故事。"

减肥小组的主要发起人觉得帮助凯茵有更深远的意义:"我所受的教育不多,但我总是梦想长大以后,能够成为一个对别人如仙女般温柔的有所助益的教母。"

耕耘善意并不需要夸张或是策略性的计划,日常生活中的小事是容易做到的。做一件不经意的小善事,然后你会发现自己的感觉是多么快乐!

大道理 你不可能从根本上改变世界;但是,你能够通过自己点滴努力和不懈奋斗,使这个世界变得更美好。

最愉快的一刻

玛格丽在一家百货公司买东西。刚踏上向下移动的自动扶梯时,她便注意到梯边站着一个60多岁的老妇人。她的表情告诉玛格丽,她心里非常害怕。

"要我帮忙吗?"玛格丽转过身问。

老妇人点点头。

等玛格丽回到她身边时,老妇人却改变了主意:"我恐怕不行。"

"我可以扶着您。"当玛格丽发现老妇人低头看着那梯级"怪物"不断形成、消失，形成、消失，显得犹疑不决时，她感到老妇人那突如其来的恐惧，就是来自不通人性的机械。玛格丽一边把这一点向她挑明，一边轻轻抓起她的手臂："走吧，好吗？"

开始老妇人还有点恐惧，但当自动扶梯载着她们向下移动时，她稍微松弛了一点。等接近梯底时，她抓住玛格丽的手再度紧张起来，不过她们已安然到达。

"我非常感谢……"老妇人的声音微微有些颤抖。

"没什么。"玛格丽说，"能替您效劳，再好也没有啦！"

那是好几个星期以来玛格丽最愉快的一刻。她在帮助那位老妇人时，觉得自己是一个心灵纯洁、健全的人。

大道理 真诚地去帮助别人，最终受益的是你自己。所以，在别人需要帮助的时候，请伸出你的友善之手，"扶着"他走一程。

一个简单的希望

艾米·汉格德恩绕过教室对面那个大厅拐角的时候，与迎面走过来的一个五年级男生撞了个正着。

"小心点，小家伙。"那男孩一边闪身躲避这个三年级的小学生，一边冲着她大声吼叫。当他看清眼前的女孩时，脸上露出了一丝讥笑的神色。然后，他用手握住自己的右腿，模仿起艾米走路时的样子。

艾米闭上了眼睛，她告诉自己不要理睬他。

可是直到放学以后，艾米仍然想着那个高个子男孩嘲笑她的样子。他并不是唯一取笑她的人，自从艾米进入三年级，似乎每天都有人嘲笑她。孩子们取笑她说话时的结结巴巴和走路时一瘸一拐的样子。艾米时常感到非常孤独，尽管教室里坐满了学生。

那天晚上，艾米坐在餐桌边吃饭的时候，仍然一言不发。母亲知道艾米肯定又在学校里遇到不如意的事情了，因此，她很高兴自己能有一些令人兴奋的消息告诉艾米。

"电台为迎接圣诞节举行了一个希望竞赛，"母亲宣布道，"写一封信给圣诞老人，也许会得奖。我想现在坐在这张餐桌旁边的某个长着金色鬈发的人应该去参加。"艾米咯咯地笑起来，这个竞赛听起来很有趣，她开始考虑自己最想要的圣诞礼物是什么。当一个好主意在头脑里浮现的时候，艾米的嘴角露出一丝微笑。她拿出铅笔和纸，开始写信。

"亲爱的圣诞老人：

我的名字叫艾米，今年9岁。我在学校里遇到了一点儿麻烦，您能帮助我吗，圣诞老人?孩子们都嘲笑我走路、跑步和说话的样子，我患了大脑麻痹症。我只想要一个不被嘲笑或者取笑的日子……"

当艾米的信到达电台的时候，经理利·托宾把它仔细地阅读了一遍。他认为，让韦恩堡的市民们听听这个特殊的三年级小女孩及她的不同寻常的希望是非常的有益。于是托宾先生给地方报社打了一个电话。

第二天，艾米的一幅照片和她写给圣诞老人的信登在了地方报纸的头版上。这个故事很快传播开来，全国各地的报纸、电台和电视台都对印第安纳州韦恩堡市的这个故事进行了报道。在那个难忘的圣诞期间，全世界有两千多人向艾米寄来了表示友谊和支持的信。

艾米看见了一个真正充满关爱的世界，她的希望也确实实现了。

那一年，韦恩堡市的市长向市民宣布 12 月 21 日为艾米·汉格德恩日。市长解释说，因为敢于提出这样一个简单的希望，艾米给了全人类一个有益的教训。

大道理 每一个人都希望得到应有的尊重、尊严和温暖。同时，每一个人都应该懂得尊重别人比尊重自己更加重要。

修养是人生的第一课

修养在任何时候都有用，特别是它更能通过一些小事情体现一个人的品质。一所著名大学的一批研究生被导师安排到一个大型企业的实验室参观。全体同学坐在会议室里等待总经理的到来。秘书给大家倒水，同学们都表情木然地看着她忙前忙后。只有一个同学，在秘书给他倒水时，轻声地说了声："谢谢，辛苦您了。"秘书觉得很感动，因为这句很普通的客气话，却是她今天听到的唯一的一句。

不久总经理进来了，对他们说："欢迎同学们到这里来参观。我看同学们好像都没有带笔记本，这样吧，李秘书你去拿一些我们的纪念册，送给同学们作纪念吧。"接下来，经理双手把纪念册发到同学们手中。大部分同学都坐着很随意地接过纪念册，总经理的脸色也越来越不好看。这时，还是那位同学，在总经理把纪念册送到他面前时，他很有礼貌地站起来，身体微倾，双手握住纪念册恭敬地说了声："谢谢您!"

总经理这时点了点头，伸手拍着他的肩膀问："你叫什么名字?"知道答案后,总经理微笑着回到了自己的座位上。

两个月后,只有那位彬彬有礼的同学的毕业分配表上,赫然写着该大型企业的名字。有几位同学颇不服气地找到导师说:"他的学习成绩只能算是中等,为什么选他而没有选我们?"导师看着他们说:"这是总经理点名来要的。除了学习之外,你们需要学习的东西太多了,修养是第一课。"

大道理 "修养是人生的第一课"。会做人的人,才能把事做好。所以,好的修养将会让你受益终生。

神奇的试验

有两个人乘车来到一个小城市,在一家酒店投宿。服务生像通常所做的那样,问他们的姓名、职业,要在此处住多久。这两个外地人说:"我们是拉斯维加斯的著名医生。大约要在这儿住一个月。但您不要将此事告诉任何人,因为我们要在这里做一个试验,我们需要安静。"

好奇的服务生问:"究竟做什么试验?"

"在拉斯维加斯我们创造了一个奇迹:将死人重新复活过来。这种试验,我们在那里用了半个月的时间。现在我们要在这里,在另一种条件下重做。"

显然,服务生立即将这奇怪的故事传开了。开始人们对此只是一笑了之;但这两个外地人的行动却渐渐地引起了人们注意。他俩经常到公墓去,久久地停留在一些坟墓前,其中包括一个富商的年轻妻子的墓。他们同人们交谈,询问有关这位年轻太太和其他葬于此公墓的其他人的情况。

整个小城渐渐地处于一种奇异的不安之中。首先是那个商人,他真的相信这种神奇的试验会成功。一晃三个星期的时间快要过去了,肯定要发生什么事了。

第三星期的周末,这两个外地人收到了商人的一封信。"我曾有过一个像天使一般的妻子。"他写道,"但她重病缠身。我很爱她,也正因为如此,我不希望她重返病体。你们别扰乱她的安宁吧!"信封里放了一大笔标明是作为谢礼的钱。在富商的这封信之后,有很多信接踵而来。一个侄子继承了他叔叔的遗产,很为他死去了的叔叔再复活而担忧;一个在其丈夫死后又重新改嫁了的女人写道:"我的丈夫很老了,他不想再活了。他已得到了他的安宁。"

这些信的信封里也都放着一笔款。两个外地人对此一言不发,夜里继续着他们的公墓之行。这时,小城的市长进行干预了。他当市长才不久,而且很想长期当下去,不愿再跟死去的前任市长会面。他向这两个外地人提供了一大笔款。"我们的条件是——"他写道,"你们不要再继续试验下去了。我们相信你们能将死人复活,还可以给你们一份证明。我们这里不想要奇迹,你们立刻离开这个城市吧!"这两个外地人拿了钱和证明,收拾起他们的行装,离开了这座小城市。"试验"成功了。

大道理 那些奸恶之徒心中必然隐藏着许多不可告人的秘密,但他们都善于伪装,把自己的弱点包裹起来。对付他们的技巧,就是用"以其人之道,还治其人之身"。

一个改变一生的故事

萨克小时候是个十分贪玩的孩子。他的母亲常常为此忧心忡忡,母亲的再三告诫对他来讲如同耳边风。

直到 16 岁那年的秋天。

一天上午,父亲将正要去河边钓鱼的萨克拦住,并给他讲了一个故事,正是这个故事改变了萨克的一生。父亲讲的故事是这样的:

"昨天,我和咱们的邻居杰克大叔去清扫南边工厂的一个大烟囱。那烟囱只有踩着里边的钢筋踏梯才能上去。你杰克大叔在前面,我在后面。我们抓着扶手,一阶一阶地终于爬上去了。下来时,你杰克大叔依旧走在前面,我还是跟在他的后面。后来,钻出烟囱时,我发现了一个奇怪的事情:你杰克大叔的后背、脸上全都被烟囱里的烟灰蹭黑了,而我身上竟连一点烟灰也没有。"

萨克的父亲继续微笑着说:"我看见你杰克大叔的模样,心想我肯定和他一样,脸脏得像个小丑,于是我就到附近的河里去洗了又洗。而你杰克大叔呢,他看见我钻出烟囱时干干净净的,就以为他也和我一样干净,于是,只草草洗了洗手后就大模大样地上街了。结果,街上的人都笑痛了肚子,还以为你杰克大叔是个疯子呢。"

萨克听罢,忍不住和父亲一起大笑起来。父亲笑罢,郑重地对他说:"其实,别人谁也不能做你的镜子,只有自己才是自己的镜子。拿别人做镜子,白痴或许会把自己照成天才。"

从此,萨克决定离开那群顽皮的孩子们,他要时时用自己做镜子来审视和映照自己。

大道理 "近朱者赤，近墨者黑"。这话也许有些绝对，但是，选择好"自己的镜子（与你为伍的人）"还是非常必要的。

绝对要住东方饭店

全世界将"态度要亲切"做得最好的,恐怕要数泰国的东方饭店。他们对顾客态度之亲切,简直到了登峰造极的地步。

于先生第一次住进东方饭店时,良好的饭店环境和服务就给他留下了深刻的印象。第二次入住时,又使得他对饭店的好感迅速升级。

早上,当他准备去餐厅的时候,服务生就恭敬地问:"于先生是要用早餐吗?"于先生很奇怪,反问道:"你怎么知道我姓于?"服务生说:"我们饭店规定,晚上要背熟所有客人的姓名。"这令于先生大吃一惊,因为他入住过世界各地的高级酒店,但这种情况还是第一次碰到。

刚刚走出电梯门,餐厅的服务生就说:"于先生,里面请。"于先生更加疑惑,因为服务生并没有看到他的房卡,就问道:"你知道我姓于?"服务生答:"上面的电话刚刚下来,说您已经下楼了。"这又让于先生大吃一惊。

刚走进餐厅,服务小姐微笑着问道:"于先生还要老位置吗?"于先生的惊讶再次升级,心想:我有一年多没住这里了,他们怎么知道我上次坐在什么地方呢?服务小姐主动解释说:"我刚刚查过电脑记录,您在去年的6月8日在靠近第二个窗户的位置上用过早餐。"

于先生其实自己都不知道老位置在哪里,服务小姐的回答让他回忆起来了,当然兴奋地说:"老位置!老位置!"小姐接着问:"老菜单?一个三明治,一杯咖啡,一个鸡蛋?"于先生对此已经不再惊讶了,但心情兴奋到了极点。

后来,于先生有三年的时间没有再到泰国去。但在于先生生日的时候,收到了一封东方饭店发来的生日贺卡,里面写着:亲爱的于先生,您已经有三年没有来过我们这里了,我们全体人员都非常想念您,希望能再次见到您。今天是您的生日,祝您生日愉快。于先生当时激动得热泪盈眶,发誓如果再去泰国,绝对还要住在东方饭店,而且要说服他的朋友也像他一样选择。

大道理 人是很容易被感动的,而感动一个人靠的未必都是慷慨的施舍、巨大的投入。往往一个热情的问候,温馨的微笑,也可以在人的心灵中洒下一片阳光。

第二辑　诚信

　　只有以善意而又热情的信任，看待世间每一颗美好的心灵而又对之无所求时，一个人才能体验到最畅快的灵魂自由和最巨大的人生快意。

明星与女工

　　电影明星洛依德将车开到检修站，一个女工接待了他。她熟练灵巧的双手和俊美的容貌一下子吸引了他。

　　整个巴黎的人都知道他，但这位姑娘却对他丝毫不表示惊异和兴奋。

　　"您喜欢看电影吗?"他禁不住地问道。

　　"当然喜欢，我是个影迷。"当车很快修好后，姑娘对他说，"您可以开走了，先生。"

　　他却依依不舍道:"小姐，您可以陪我去兜兜风吗?"

　　"不!我还有工作。"

　　"这同样也是您的工作，您修的车最好亲自检查一下。"

　　"好吧，是您开还是我开?"

　　"当然我开，是我邀请您的嘛。"

车行驶得很好。姑娘问道:"看来没有什么问题,请让我下车好吗?"

"怎么,您不想再陪一陪我了?我再问您一遍,您喜欢看电影吗?"

"我回答过了,喜欢,而且是影迷。"

"您不认识我?"

"怎么不认识,您一来我就认出您是当代影帝阿列克斯·洛依德。"

"既然如此,您为何这样冷淡?"

"不!您错了,我没有冷淡。只是没有像别的女孩子那样狂热。您有您的成就,我有我的工作。您来修车是我的顾客,如果您不再是明星了,再来修车时我也会一样地接待您。人与人之间不应该是这样吗?"

他沉默了。在这个普通女工面前他感到自己的浅薄与虚妄。

"小姐,谢谢!您使我想到应该认真反省一下自己的价值。好,现在让我送您回去吧。"

大道理 人与人是平等的,不管是明星还是修车工。尊重自己和自己工作的人,对他人才能做到真正的尊重,而不是浅薄的崇拜。

对手不仅是敌人

《山上宝训》作者福克斯博士给我讲了个故事:有个名叫西拉斯的人,面临着意想不到的危机,进退维谷,差点砸了全家的饭碗。

此人在一个小镇上开着杂货铺。这铺子是他爸爸传下的。他爸爸又是从他爷爷手里接过的。他爷爷开这铺子的时候，南北两边正在打仗。

西拉斯买卖公道，信誉很好。他的铺子对镇上的人来说，就像人的手足不可缺少。西拉斯的儿子渐渐长大，眼看小铺子就要有新接班人了。

可是有一天，一个外乡人笑嘻嘻地来拜访西拉斯说想买下这铺子，请西拉斯自己作价。

西拉斯怎舍得？即便出双倍价他也不能卖！这铺子不光是铺子呀，这是事业，是遗产，是信誉！

外乡人耸耸肩，笑嘻嘻地说：

"抱歉。我已选定街对面的那幢空房子，只要粉刷一番，再弄得富丽堂皇些。我卖便宜的上好货品，到时你就没生意了！"

西拉斯眼见对面空房开始翻新，心都快碎了！他无可奈何却又不无骄傲地在自家店门上贴了张告示：敝号系老店，95年前开张。

直到那新店开业前一天，西拉斯还坐在自己那阴暗的店堂里想心事。他真想破口把对手臭骂一顿。

幸亏西拉斯有个好妻子。

"西拉斯，"她用低低的声音缓缓地说，"你巴不得把对面那房子放火烧了，是不是？"

"是巴不得！"西拉斯简直在咬牙切齿，"烧了有什么不好？"

"烧也没用，人家保险过。再说，这样想也缺德。"

"那你说我该怎么想？"西拉斯冒着火。

"你该去祝愿。""祝愿大火来烧？""你总说自己是个厚道人，可一碰到切身的事就糊涂了。你该怎么做不很清楚吗！你应该祝贺新店开业，祝愿它成功。""你这是脑筋有问题吧，贝蒂。"话虽这么说,西拉斯还是决定去一次。

第二天早晨新店还没开门,全镇人已等在外边。西拉斯看着正门上方赫然写着"新新百货店"几个金字,跨到台阶上大声说:"外乡老弟,恭喜开业,祝你给全镇人添方便!"他刚说完,全镇人都围上来朝他欢呼,还把他举起来进店参观。那外乡老板笑嘻嘻地牵住西拉斯的手,于是两个生意人像老朋友一样亲切交谈起来。

后来,两家生意都做得很兴隆,小镇就像老西拉斯的年纪一年年地变大了。

大道理 真正要做成大事的人,总是把对手当做自己的伙伴,在竞争中提高自己的智慧和能力。对手不仅是敌人,也是学习的对象。

得意别忘形

从前有一个乞丐,终日依靠他人施舍度日,将乞讨来的钱尽量地积存起来,一到了下个月就将这些钱拿去买彩券。每一次买了彩券,他就将彩券藏在他那根打狗棍的秘密夹层里。那根打狗棍平日是他行走的工具,也是他防御狗及其他动物的武器,每日总是与他形影不离。

不知道是上天同情他,还是他时来运转了。有一次,他买的彩券居然中了头奖,想到就要变成百万富翁了,他高兴得一个晚上都没有睡觉。第二天早晨起来后,想到自己从此不再乞讨度日,不再看人眼色,不再怕凶犬来咬他;可以用奖金买栋新房子,娶一位美丽漂亮的妻子,买一部新车,全身都穿上最名贵的衣服。就这样,他被兴奋冲昏了头,把身边的破铁、破罐、破衣、破鞋都扔到了大河里,让湍急的河水将它们永远带离这个世界,他发誓从此不再接触这丑陋的东西。当他最后要扔掉那根打狗棍时,他想到反正自己要买新车了,这家伙将来也用不上了,干脆也一起扔了。当他把所有旧东西都扔完之后,立刻想到要去领奖了。可待他走到银行时,才发现奖券在打狗棍的夹层里。糟糕!打狗棍扔到大河里去了。刹那间,他像发疯了一般,捶胸顿足悔恨不已。

大道理 得意而忘形,便会乐极生悲。以一种平和的态度面对世事,才不至于让人生的骤悲骤喜感染自己的心情。

勇 敢 的 人

德国最近发生了一桩血案,一个19岁的小伙子,因伪造假条,被校方开除,他决心报复学校。

一天上午,他戴着恐怖的面具,一手握着手枪,一手拎着连发猎枪,闯进学校,见人就打,主要对象是老师,他觉得是他们让他蒙受了羞辱。在20分钟的疯狂射击中,他的手枪共打出了40发子弹,将17人打死,其中有13名老师。他还有大量的子弹,足够把数百人送进坟墓。

这时候,他的历史老师海泽先生走过来,抓住他的衬衣,试图跟他说话。这个血洗了母校的学生认出了他的老师,他摘掉自己的面具。海泽先生叫着他的名字说:"罗伯特,扣动你的扳机吧。如果你现在向我射击,那就看着我的眼睛!"

这个杀人杀红了眼的学生,盯着海泽先生看了一会儿,缓缓地放下手枪。

后来,海泽先生把凶手推进了一间教室,猛地关上门,然后上了锁。此后不久,凶手在教室里饮弹自杀了。

海泽先生的勇敢让人惊讶,他在千钧一发之时说出的话更让人惊讶。

海泽先生对自己的目光,一定有充分的把握。在手无寸铁的情况下,他使用了自己的目光。如果是一般人,可能会躲起来,即使出来阻止,也会挥舞着门板或是桌椅之类的掩体……

总之,人们有一千种方式,但绝想不到会说——看着我的眼睛。正是这句话,唤起了凶手残存的最后一丝良知,停止了暴行。

大道理 海泽先生是非常自信的。这不是一种技巧,而是一种极其深厚的修养,是长期潜移默化、修炼提升的结果。

偷　　技

在莫斯科的一处电车站,一位手捧着几本书的小伙子上了一辆电车。他在口袋里掏了好久也没掏出买车票的钱,只好难为情地看着售票员;接着他又继续掏口袋,终于找出一枚硬币微笑着递给售票员。

在乘客中间站着一位头戴灰色鸭舌帽的人和一位穿军大衣的人。突然,戴灰色鸭舌帽的人抓住了穿军大衣的人——因为他看见穿军大衣的人悄悄地将手伸进了拿着书的小伙子的口袋。

电车停了下来,人们激动地喊叫着。穿军大衣的人试图想说点儿什么,但谁也不听他的。这时一位警察走到他们三个人面前,警察要穿军大衣的人出示身份证。

穿军大衣的人从口袋里掏出一本小册子难为情地说:"我没带身份证。这是我的苏联作家协会会员证。我叫阿尔卡季·盖达尔。"

"我们可算见识了这种所谓的作家了!"车厢里的乘客讥讽地嚷道。然而那位拿着书的小伙子却默不作声。

"他到底偷了您什么?"警察问小伙子。小伙子红着脸回答道:"我刚考上大学,昨天才来到莫斯科。我口袋里没钱,他没偷我的东西。"

"难道他就真没有偷点儿您的什么别的物品吗?"

于是小伙子又仔细地翻了一下口袋,突然他发现了一张50卢布的纸币。"这不是我的钱。小伙子腼腆地说。

全车人静了下来。大家都看着作家盖达尔。然而盖达尔却什么也没有说,他只是看着地上。

大道理 真心实意地帮助别人,但为尊重他人的人格,在大庭广众之下于暗中出力,体现的是友好,是爱心,更是美德。

沉睡的美德

那天早上,一位在英国读书的美国青年,乘地铁去上课。车厢里的人很多,几乎座无虚席。当他走近车厢唯一的空位时,旁边的一位衣着雍容、体态肥胖的英国妇女,抢先把她怀中抱着的那只小狗放到那个空位上。

小狗眯着眼,懒散地卧在柔软的坐席上,而它的女主人则坐在它的旁边昏昏欲睡。美国青年非常礼貌地指着小狗的那个座位说:"太太,您是否能允许我坐在这里?"

胖女人没有说话,只是鼻子里喘着粗气,并故意把头转向窗外。尴尬的青年再次轻声说道："打扰一下,太太。我可不可以坐在这里?"女人仍然一声不吭。

"太太,请您把您的狗挪一挪。"年轻的美国人第三次发出请求,然而小狗的女主人仍旧是一副傲慢的样子,对美国人根本不屑一顾。

突然,美国青年猛地打开车厢的窗子,拎起座位上的狗,一扬手扔出窗外。然后,稳稳地坐在那个空位上。

女人尖叫一声,惊异的眼睛睁得大大的,看着身边沉稳的青年。

这时,坐在他们对面的一位英国绅士打破了寂静。

"听我说,小伙子,你们美国人在英国几乎时刻在犯错误。比如说,经常把行车的方向搞反,吃饭时双手总是拿着刀叉,把楼号的顺序读颠倒。而你今天犯的错误是你不该将那只不懂事的小狗扔出窗外,而是应该把你身边这个胖女人扔出去。"

大道理 世界各国虽然有着不同的生活习惯与风土人情,但是文明和友善却是人类共有的美德。放下你的孤傲与歧视,用平等友好的态度待人,世界将会变得更加美好。

关 键 时 刻

我有一个刑警朋友,叫柳奇志,是刑警队的头儿。那一天我正在队里采访,突然接到紧急通知,有重大案情出现,且案犯携有枪支,命令全队迅速出动。

于是紧急部署,于是几件防弹衣摆了出来。数了数,是5件,可这集合的队伍不下几十人。柳奇志没吱声,不经意地拿起一件穿上。旁边的几个刑警也争先恐后地穿上。

我的心里,有一种说不出的滋味。

这次任务完成得十分漂亮,柳奇志一马当先,后来立了功。据说申报的是一等功,但上报的是二等,理由是没有流血。见面时我笑话他怎么不受点儿伤?他一听乐了,说:"你呀,出生入死还去想着立功啦,生命都已经置之度外了!"我突然想捉弄他一回,说:"你如果不抢一件防弹衣穿上,也许就能立上一等功了!"

他先是一愣,继而苦笑道:"我们队里一共只有五件防弹衣,碰上有危险的行动去的人多,就不够了。这时,我们谁都会抢先穿上一件。你知道吗?我们队里有一条不成文的规矩,你穿上了防弹衣,就必须冲在最前面,你就要先面对死亡!"

他说得很平静,我的心里却一瞬间翻江倒海!我为自己的"小人之心"惭愧。"每次抗洪抢险,我看电视时都很感动,洪水滔滔,解放军只想着跳下水去救人,可也许一跳下去,一辈子就结束了。你说,这个时候,有谁会想到去立功吗?因此,每次面对防弹衣时,我都会对我的战友们肃然起敬。"柳奇志又说。

肃然起敬的应该是我们!

大道理 生死关头挺身而出,不计名利,不计报酬,把生死置之度外,这种品格令人肃然起敬。

人 类 之 爱

1936年的柏林,希特勒对12万名观众宣布奥运会开幕。他要借世人瞩目的奥运会,证明雅利安人种的优越。

当时田径赛的最佳选手是美国的杰西·欧文斯。但德国有一位跳远项目的王牌选手鲁兹·朗,希特勒要他击败黑人杰西·欧文斯,以证明他的种族优越论。

在纳粹的报纸一致叫嚣把黑人逐出奥运会的声浪中,杰西·欧文斯参加了4个项目的角逐:100米、200米,4×100米接力和跳远。跳远是他的第一项比赛。

希特勒亲临现场观战。鲁兹·朗顺利进入决赛。轮到杰西·欧文斯上场,他只要跳得不比他的最好成绩少过半米就可进入决赛。第一次,他逾越跳板犯规;第二次他为了保险起见从跳板后起跳,结果跳出了从未有过的坏成绩。

他一再试跑、迟疑,不敢进行最后的一跃。此时,希特勒起身离场。

在希特勒退场的同时,一个瘦削、有着湛蓝眼睛的雅利安德国运动员走近欧文斯,他用生硬的英语介绍自己。其实他不用自我介绍,没人不认识他——鲁兹·朗。

鲁兹·朗结结巴巴的英文和露齿的笑容,松弛了杰西·欧文斯全身紧绷的神经。鲁兹·朗告诉杰西·欧文斯,最重要的是取得决赛的资格。他说他去年也曾遭遇同样情形,用了一个小诀窍解决了困难。杰西·欧文斯照做,几乎破了奥运纪录。几天后的决赛,鲁兹·朗破了世界纪录,但随后杰西·欧文斯又以微弱的优势战胜了他。贵宾席上的希特勒脸色铁青,看台上情绪激昂的观众也陷入沉静。场中,鲁兹·朗跑到杰西·欧文斯站的地方,把他拉到聚集了12万德国人的看台前,举起他的手高声喊道:"杰西·欧文斯!杰西·欧文斯!"看台上经过一阵难捱的沉默后,忽然齐声爆发:"杰西·欧文斯!杰西·欧文斯!"杰西·欧文斯举起另一只手来答谢。

等观众安静下来后,他举起鲁兹·朗的手声嘶力竭地喊道:

"鲁兹·朗!鲁兹·朗!"全场观众也同声响应:"鲁兹·朗!鲁兹·朗!"没有诡谲的政治,没有人种的优劣,没有金牌的得失,选手和观众都沉浸在君子之争的感动之中。

杰西·欧文斯创造的8.06米的纪录保持了24年。他在那次奥运会上荣获4枚金牌,被誉为世界上最伟大的运动员之一。

多年后杰西·欧文斯回忆说,是鲁兹·朗帮助他赢得了4枚金牌,而且使他懂得了单纯而充满关怀的人类之爱。

大 道 理 每个人在漫漫的人生长河中,都可能遇到困难。我们应该时刻牢记:在前进的道路上,搬开别人脚下的绊脚石,有时恰恰是为自己铺路。

大 学 问

阳虎的学生在朝为官的比比皆是。可是有一次阳虎却在卫国遭到通缉,他如丧家之犬四处逃窜,最后逃到北方的晋国,投奔到赵简子门下。

见阳虎丧魂落魄的样子,赵简子问他道:"你老兄怎么变成这样子呢?"

阳虎伤心地说:"从今以后,我发誓再也不培养人了。"

赵简子问:"这是为什么呢?"

阳虎懊丧地说:"许多年来,我辛辛苦苦地培养了那么多人才,我的弟子现在或是当朝大臣,或是地方官吏,或是边关将领。可是没想到,就是这些由我亲手培养出来的家伙,在朝廷做大臣的离间我和君王的关系,做地方官吏的无中生有地在百姓中败坏我的名声,最可恨的是那些手握兵权的将帅,竟亲自带兵来追捕我!想起来真让人寒心哪!"

赵简子听了,也颇有感慨:"只有品德好的人,才会知恩图报;那些品质差的人,他们是不会这么做的。你当初在培养他们的时候,没有注意挑选品德好的弟子加以培养,才落得今天这个结果。比方说,如果栽培的是桃李,那么,除了夏天你可以在它的树下乘凉休息外,秋天还可以收获鲜美的果实;如果你种下的是蒺藜呢,不仅夏天乘不了凉,到秋天你也只能收到扎手的刺。在我看来,你所栽种的,都是些蒺藜呀!所以你应记住这个教训,在培养人才之前就要对他们进行选择,否则等到培养完了再去选择,就已经晚了。"

大道理 司马迁说:"有德无才是君子,有才无德是小人,无德无才是庸人,德才兼备是圣人。"这个故事说明,在任何时候,人的品德都应该比才能更重要。

伊 莎 贝 尔

伊莎贝尔辛苦一天之后,酣然入睡。

一位玲珑的天使飞进窗口,对她说:"聪明的伊莎贝尔,每个人都应该得到一份适量的聪明和一份适量的愚蠢,可是匆忙中上帝遗漏了你的愚蠢,现在我给你送来了这份礼物。"

愚蠢礼物?伊莎贝尔很不理解,但慑于上帝的威严,她还是接过天使包中的愚蠢,无可奈何地植入脑中。

第二天,她平生第一次讲话露出了破绽;第一次解题费了心思;她花一个早晨记住的一组单词,三五天后却忘了将近一半。她痛恨这份"礼物"。深夜,她偷偷地取出了植脑不深的愚蠢,扔掉了。

事隔数天，天使来检查他自己做的那份工作，发现给伊莎贝尔的那份愚蠢已被扔进了垃圾箱。他第二次飞进伊莎贝尔的卧室，义正辞严地对她说："这是每个人都必须有的配额，只是或多或少罢了，每一个完整的人都应该这样。"

不得已，伊莎贝尔重新又把那份讨厌的愚蠢捡了回来。但是，她非常不愿意自己变成一个不太聪明的人。她把愚蠢嵌进头发里，不让它进入思维，居然蒙过了天使的耳目。以后，伊莎贝尔没有遇上一道难题，没有考过一次低分，一直保持着强盛的记忆、出色的思维和优异的成绩。

当然，她也没有了苦役获释的愉快和改正差错后的轻松。更奇怪的是，也没有一个同伴愿意与她一起组队去参加专题辩论，因为她的突出表现使同伴全部呆若木鸡；也没有哪个人愿意和她做买卖，因为赚钱的总是她；也没人与她去恋爱，男人们无不害怕在她的光环里被对比成傻瓜。连下棋打牌她都十分没劲，来者总是输得伤心。偶尔有一两次她给了点面子，卖个关子下个软招，也让人很容易看出她是在暗中放人一马，比被她胜了还伤害人的自尊。

她越来越孤独、空乏，真的也希望有份愚蠢了。但是，聪明成性的脑袋中愚蠢是再也植不进去了。她希望能再见一次天使，可天使也"黄鹤一去不复返"了。

因为只有聪明，伊莎贝尔在痛苦中熬过单调的一生。

大道理 过于突出的表现会让你身边的人黯然失色，注意收敛自己，进行自制是保持自己的一种策略。这就是你处理人际关系的方法。

信 用 无 价

从前,鲁国有个宝贝,叫做岑鼎。这只岑鼎形体巨大,气势宏伟雄壮,鼎身上还由能工巧匠铸上了精致美丽的花纹,让人看了有种震慑心魄的感觉,不由得赞叹不已。鲁国的国君非常看重和珍爱岑鼎,把它看作镇国之宝。

鲁国的邻国齐国幅员广阔、人口众多,国力很是强盛。为了争夺霸权,齐国向鲁国发起了声势浩大的进攻。鲁国较弱,勉强抵挡了一阵就全线溃败了。鲁国国君只得派出使者,去向齐国求和。齐国答应了,但是有个条件:要求鲁国献上岑鼎以表诚意。

鲁国的国君很是着急,不献吧,齐国不愿讲和;献吧,又实在舍不得这个宝贝,如何是好呢?正在左右为难之际,鲁国有个大臣出了个主意:"大王,齐人从未见过岑鼎,我们何不另献一只鼎去,量他们也不会看得出来。这样既能签订和约,又能保住宝贝,难道不是个两全之策吗?""妙啊!"鲁国国君拍手称是,大喜道,"就照你说的办!"

于是,鲁国悄悄地换了一只鼎,假说是岑鼎,献给了齐国的国君。

齐国国君得了鼎,左看右看,总觉得这只鼎虽也称得上是巧夺天工,但似乎还是不如传说中的那样好,再加上鲁国答应得这样爽快,自己又没亲眼见过岑鼎,这只鼎会不会是假的呢?可又能用什么方法才能验证它的真伪呢?要是弄得不好,到手的是一只假鼎,不仅自己受了愚弄,齐国的国威也会大大受损。他思前想后没有法子,只得召集左右大臣一块儿商量。一位聪明又熟悉鲁国的大臣出点子说:"臣听说鲁国有个叫柳季的人,非常诚实,是鲁

国最讲信用的人,毕生没有说过半句谎话。我们让鲁国把柳季找来,如果他也说这只鼎是真的,那我们就可以放心地接受鼎了。"齐王同意了这个建议,派人把这个意思传达给了鲁国国君。

鲁国国君没有别的路可走,只得把柳季请来,对他把情况讲明,然后央求他说:"就请先生破一回例,说一次假话,以保全宝物。"柳季沉思了半晌,严肃地回答道:"您把岑鼎当做最重要的东西,而我则把信用看得最为重要,它是我立身处世的根本,是我用一辈子的努力保持的东西。现在大王想要微臣破坏自己做人的根本,来换取您的宝物,恕臣不可能办到。"

鲁国国君听了这一番义正辞严的话,知道再说下去也没有用了,就将真的岑鼎献给了齐国,签订了停战和约。

大道理 柳季如此守信用,实在是一种难能可贵的好品质。他的实际行动告诉我们:诚实信用是无价的,任何宝贝都不能与之相比。

是他开的枪

第二次世界大战期间,某支部队在森林中与敌军相遇,激战后两名战士与部队失去了联系,这两名战士来自同一个小镇。

两人在森林中艰难跋涉,他们互相鼓励、互相安慰。十多天过去了,他们仍未与部队联系上。一天,他们打死了一只鹿,依靠鹿肉又艰难度过了几天。也许是战争使动物四散奔逃或被杀光了,这以后他们再也没看到过任何动物,仅仅只剩下一点儿鹿肉。这一天,他们在森林中又一次与敌人相遇,经过再一次的激战,他们巧妙地避开了敌人。

就在他们自以为已经安全时，只听一声枪响，走在前面的年轻战士中了一枪——幸亏伤在左肩膀上，后面的士兵惶恐地跑了过来，他害怕得语无伦次，抱着战友的身体泪流不止，并赶快把自己的衬衣撕下来包扎战友的伤口。

晚上，未受伤的士兵一直念叨着母亲的名字，他们都以为熬不过这一关了，尽管饥饿难忍，可他们谁也没动身边的鹿肉。天知道他们是怎么过的那一夜，第二天，部队救出了他们。

事隔30年，那位受伤的战士安德森说："我知道谁开的那一枪，他就是我的战友。当他抱住我时，我碰到他发热的枪管。我怎么也不明白，他为什么对我开枪？但当晚我就宽容了他。我知道他想独吞剩下的鹿肉，我也知道他想为了他的母亲而活下去。

此后30年，我假装根本不知道此事，也从不提及。战争太残酷了，他母亲还没有等到他就去世了。我和他一起祭奠了老人家，那一天，他跪下来，请求我原谅他，我没让他说下去。我们又做了几十年的朋友，我宽容了他。"

大道理 以德报怨，把伤害留给自己，让世界少一些仇恨，少一些不幸，这才是宽容的最高境界。

第三辑　职责

　　一个人活着，既要对他人负责，也要对自身负责，才不致辱没生命的天职。

树 的 故 事

　　有一棵深爱着某个男孩的树。男孩与树一起度过了一个欢乐的童年：他在树上荡秋千，上树摘果子，在树阴下睡觉，树也很留恋那些快乐无忧的时光。小男孩逐渐地一天天长大了，他与树在一起的时间变得越来越少了，因为要生活就必须想办法去赚钱。

　　于是树就对他说："拿我的果子去卖吧。"

　　他拿走了果子卖掉了，树感到很快乐，因为它为男孩做了事。又是很长一段时间，年轻人很久没有回来。树感到心里空荡荡的，有一次树看见男孩走过来，就向他微笑着说："来啊，让我们一起玩吧！"但是年轻人已经长大了，他要到外面去闯世界了，他不愿固守在这里，他要离开眼前的一切。

　　树很理解他，就毫不犹豫地说："把我砍下来吧，拿我的树干去造一艘船，你就可以航行到达你的目的地了。"

　　那人就把树砍了下来，做了一艘船到外面去闯世界了。

夏去冬来,时光一年年地过去了,无数个寒冷和寂寞的夜晚,树都在默默地等待,最后,那人终于回来了。但他已经满头白发了,年老和疲惫使他不能再玩耍了,也不能赚钱或出海航行了。

树说:"我还是一个不错的树桩,你何不坐下来休息一会儿呢?"

他果然坐下来了,树又是满心欢喜。

大道理　原来,奉献也是一种快乐啊!树的快乐,寓意自见。心灵的眼睛一旦被金钱所蒙蔽,那么就只能看见自己而看不见别人,这样心中当然就没有欢乐了。

盗 贼 技 艺

从前有一个盗贼,他干了一辈子偷盗的行当,眼看自己要老了,不能再做下去了,他便想把偷盗的技艺传给儿子。这偷盗的技巧,说到底就是一个逃生的技巧,于是父亲决定先把逃生的绝招传给儿子。

这天晚上,父亲领着儿子穿墙入室,来到了一个富户人家。父亲十分顺利地打开柜子,叫儿子进去拿些钱物。儿子刚钻进柜内,父亲便把柜门锁上了。儿子在柜内扑腾翻打想要钻出柜子,不料父亲却悄悄溜走了。可他这一翻打却吵醒了这家主人,主人心想可能是盗贼光顾,赶忙让仆人举灯搜查。盗贼的儿子心急如焚,眼看仆人要搜到柜子边了,他急中生智,学起了耗子啃木头的声音。仆人听到后,拍打了几下柜子便回去睡觉了。盗贼的儿子听到没有了动静,便一脚踹开柜子门,逃了出去。

这样一来,又惊醒了主仆二人,他们发现家中真的被盗,于是追出门去。盗贼的儿子被迫到了后花园，眼看无路可逃了，他忽然看到旁边有口水井，又急中生智，抱起一块石头扔到了井里。追赶的人听到"扑通"一声，以为是盗贼慌不择路掉到了井里。于是他们便在井中搜寻盗贼。盗贼的儿子却趁机逃脱回家。

见到父亲，他满口怨言。可父亲却对他说："儿子，不要埋怨，告诉我你是怎样逃出来的。"儿子认真叙述了事情的经过，父亲听后非常满意，不禁赞叹道："儿子，你已经出师了！"

大道理 置之死地而后生，逆境往往更能锻炼人。我们要学会给自己施加一些压力，从而使自己在压力中得到锻炼和提高。

我愿意承担

约翰和戴维是同一家公司的两名职员，他们俩工作一直都很认真，也很卖力。上司也对这两名员工很满意，可是一件事却改变了他们的命运。

一次，约翰和戴维一同把一件很贵重的古董送到码头。没想到送货车开到半路却坏了。因为公司里规定如果不按规定时间送到，他们要被扣掉一部分奖金。于是，力气大的约翰背起古董一路小跑，终于在规定的时间赶到了码头。这时，心存小算盘的戴维想：如果客户看到我背着，把这件事告诉老板，说不定会给我加薪呢。于是他对约翰说："让我来背吧，你去叫货主。"

当约翰把货物递给他的时候，他一下没接住，掉在了地上，只听"哗啦"一声，里面的古董碎了。他们都知道古董打碎了意味着什么，没了工作不说，可能还要背负沉重的债务。果然，老板对他俩都进行了十分严厉的批评。

之后，戴维趁着约翰不注意，偷偷来到老板的办公室对老板说："老板，不是我的错，是约翰不小心弄坏了。"

老板把约翰叫到了办公室，约翰把事情的原委告诉了老板。最后说："这件事是我们的失职，我愿意承担责任。另外，戴维的家境不太好，他的责任我愿意承担。我一定会弥补我们所造成的损失。"

他俩一直等待着处理的结果。一天，老板把他们叫到了办公室，对他们说："公司一直对你俩很器重，想从你们两个当中选择一个人担任客户部经理，没想到出了这样的事，不过也好，这会让我们更清楚哪一个人是合适的人选。我们决定请约翰担任公司的客户部经理，因为一个能勇于承担责任的人是值得信任的。戴维，从明天开始你就不用来上班了。"

"其实，古董的主人已经看见了你们俩在递接古董时的动作，他跟我说了他看见的事实。还有，我看见了问题出现后你们两个人的反应。"老板最后说。

大道理 一个能够勇于承担责任的人，对于一个领导与团队都有着重要的意义。而一味推卸责任的人，无论在哪里，都是不会得到信任和器重的。

心中的花朵

朝阳升起之前，庙前山门外凝满露珠的春草里，跑着一个人，边跑边喊："师父，请原谅我。"

他是某座城市的风流浪子，20 年前曾是庙里的小沙弥，极得方丈宠爱。方丈将所学全数教授,希望他能成为出色的佛门弟子。他却在一夜间动了凡心,偷偷跑下山去。五光十色的城市蒙住了他的眼睛,从此穿梭于花街柳巷,只管放浪形骸。

夜夜都是春,却夜夜不是春。20年后的一个深夜,他陡然惊醒,窗外月色如洗,澄明清澈地洒在他的心中。他忽然深深忏悔,披衣而起,快马加鞭赶往寺里。

"师父,你肯饶恕我,再收我做弟子吗?"他问。

方丈深深厌恶他的放荡,只是摇头。"不,你罪过深重,必坠入地狱,要想佛祖饶恕,除非——"方丈信手一指供桌,"连桌子也会开花。"

浪子失望地离开了。

第二天早上,方丈踏进佛堂时,惊呆了:一夜间,佛桌上开满了大簇大簇的花朵,红的,白的,每一朵都芳香逼人。佛堂里一丝风也没有,那些盛开的花朵却簌簌急摇,仿佛在焦灼地召唤。方丈在瞬间大彻大悟,连忙下山寻找浪子,却已经来不及了,心灰意冷的浪子又堕入了荒唐生活。

而佛桌上开出的那些花朵,只开放了短短的一天。

是夜,方丈圆寂,临终遗言:

这世上,没有什么歧途不可以回头,没有什么错误不可以改正。迷途知返是罕有的奇迹,好像佛桌上开出的花朵。而让奇迹陨灭的,不是错误,是一颗冰冷的、不肯原谅、不肯相信的心。

大道理 没有什么歧途不可以回头,没有什么错误不可以改正。给别人一个改过的机会,花朵不仅能在佛桌上开放,也会开放在你的心田。

责 任 心

去年的一天，我陪母亲去医院量血压。

我们在急诊科旁边的医疗室里刚坐下，就听见救护车鸣笛而来。急诊科里几个大夫小跑着迎上去，从车里抬下一个重症病人。

他们把病人安放在抢救室的病床上，主治大夫问清病人的病情后，一边吩咐其他大夫为病人量血压、输液、输氧，一边亲自用双手按压病人的胸部。

病人没有丝毫反应。

病人家属焦急地盯着主治大夫，眼睛里充满了哀求。

主治大夫翻开病人的眼睛看了看，忽地拔掉病人嘴上的氧气罩，不顾病人满口的黏液，俯下身去，用嘴对着病人的嘴开始人工呼吸。

所有的大夫都愣了，因为病人的血压已降为零，心跳也已停止，主治大夫完全可以对病人家属宣告病人的死亡了。

过了一会儿，主治大夫站起身，走到病人家属面前，摇了摇头轻声说："他走得很安详……预备后事吧。"

病人家属看着主治大夫一嘴的污秽，慢慢跪了下来。

走出抢救室，一位实习生小心地问他："老师，那个人明明已经死了……你对一个死人做人工呼吸，岂不是徒劳吗？"

那位主治医生看了看实习生，严肃地说："在我这里只有病人，没有死人。病人哪怕还有万分之一的希望，作为医生，我们也得做出百分之百的努力。如果你热爱你的工作，那就去热爱每一个病人和每一个生命，这是一个医生最起码的职责。"

大道理 真正有责任心的人，不仅要把"责任心"常挂于心头，还要积极去履行自己的职责。挽救病人的生命是医生的责任，更是医生的爱。

泡　　影

布思·塔金顿是20世纪美国著名小说家和剧作家,他的作品《伟大的安伯森斯》和《爱丽丝·亚当斯》均获得普利策奖。在塔金顿声名最鼎盛时期,他在多种场合讲述过这样一个故事:

那是在一个红十字会举办的艺术家作品展览会上,我作为特邀的贵宾参加了展览会。其间,有两个可爱的十六七岁的小女孩来到我面前,虔诚地向我索要签名。

"我没带自来水笔,用铅笔可以吗?"我其实知道她们不会拒绝,我只是想表现一下一个著名作家谦和地对待普通读者的大家风范。

"当然可以。"小女孩们果然爽快地答应了,我看得出她们很兴奋,当然她们的兴奋也使我倍感欣慰。

一个女孩将她的非常精致的笔记本递给我,我取出铅笔,潇洒地写上了几句鼓励的话语,并签上我的名字。女孩看过我的签名后,眉头皱了起来,问道:"你不是罗伯特·查波斯啊?"

"不是,"我非常自负地告诉她,"我是布思·塔金顿,《爱丽丝·亚当斯》的作者,两次普利策奖获得者。"

小女孩将头转向另外一个女孩,耸耸肩说道:"玛丽,把你的橡皮给我用用。"

那一刻,我所有的自负和骄傲瞬间都化为了泡影……

大道理 无论自己多么出色，都要保持冷静，别太把自己当回事！自负和骄傲只会给自己带来难堪，谦虚才是真正的美德。

海 滩 趣 事

天热了，校长把学生带到海边去玩。他自己站在水深处，规定学生以他为界，只准在水浅处玩。

孩子们都乐疯了，连极胆小的也下了水。待大家都玩得尽兴了，纷纷上岸时，发生了一件事，把校长吓得目瞪口呆。

原来，那些一二年级的小女孩们上岸后，觉得衣服湿了不舒服，便当众把衣裤脱了，在那里拧起水来。光天化日之下，她们竟然围成了一小圈天体营。

校长的第一想法便是冲上前去喝止——但凭着一个教育家的经验，他等了几秒钟。这一等，太好了，他发现四下里其实并没有任何人大惊小怪。高年级的同学也没有人投来异样的眼光，傻傻的小男生更不知道他们的女同学不够淑女。海滩上仍是一片天真欢乐。小女孩们做的事不曾骚扰任何人，她们很快拧干了衣服，重新穿上——像船过水无痕，什么麻烦都没有留下。

不难想象，如果校长一声吼骂，会给那个快乐的海滩之旅带来多么尴尬的阴影。那些小女孩们会永远记得自己当众丢了丑，而大孩子便学会了鄙视别人的"无行"，并为自己的"有行"而沾沾自喜。孩子们不必擦拭尘埃，因为他们是大地，尘埃对他们而言是无妨无碍的，他们不必急着学会为礼俗而羞惭，他们何必那么快学会成人社会的琐碎小节。

许多事,如果没有那些神经质的家伙大叫一声:"不得了啦!问题可严重啦!"原来也可以不成其为问题的。

大道理 不要用成人的眼光对待孩子,更不要用自己的标准对待别人。很多事情本无所谓是非,可在心中有是非的人眼里就会生出是非来。

街 灯

夜色中,柏林的街灯典雅地亮着,光色迷柔,蕴满诗般的朦胧。我凝望着它们。"它们是煤气灯。"一个德国人告诉我。我不相信,怕听错了,也怕他说错,我们都在讲英文,我们都不讲自己的母语。"GAS",他重复了这个词。煤气灯于中国好像是世纪初的事。"柏林还是煤气灯?""煤气比电便宜呀。"

"柏林街上为什么还用煤气灯?"我问第二个德国人。"煤气便宜。"德国将移都柏林,整个柏林在大兴土木,财气十足,派头十足。于是我问:"柏林不会缺这点儿钱吧!"我亲眼看见一幢好端端的市政大厅被伤筋动骨地翻造,说是其隔热材料石棉有碍健康。

"柏林市开支一向很紧,总有更需要花钱的地方,"他像个当家的,说着柴米油盐的难处,"这些灯是很老了,可还能用,挺结实,煤气又比电便宜。去年市政府总算有了钱换这些街灯,可是百姓不同意,说它们像古董,不让换。于是,还用它们。"

德国未来的首都,街上点的仍有煤气灯。

白天柏林街上一道道刷刷冒出来的锃亮幕墙让人神满气足,有一日千里追上欧美之感。

晚上,柏林的街灯却令人回味。

大道理 偌大的一个城市，却在斤斤计较煤气与电之间的那一点点差价，这种精神令我们震惊。勤俭节约在物质富裕的现代社会仍然不过时。

生命的价值

有一个生长在孤儿院里的小男孩,常常悲观地问院长:"像我这样没人要的孩子,活着究竟有什么意思呢?"

院长总是笑而不答。

有一天,院长交给男孩一块石头,说:"明天早上,你拿这块石头到市场上去卖,但不是'真卖',记住,无论别人出多少钱,绝对不能卖。"

第二天,男孩拿着石头蹲在市场的角落,意外地发现有不少人对他的石头感兴趣,而且价钱愈出愈高。回到院里,男孩兴奋地向院长报告,院长笑笑,要他明天把石头拿到黄金市场去卖。在黄金市场上,有人想出比昨天高十倍的价钱来买这块石头。

最后,院长叫孩子把石头拿到宝石市场上去展示,结果,石头的身价又涨了十倍,由于男孩坚决不卖,这石头竟被传扬为"稀世珍宝"。

男孩兴冲冲地捧着石头回到孤儿院,问院长为什么会这样。

院长没有笑,望着孩子慢慢说道:"生命的价值就像这块石头一样,在不同的环境下就会有不同的意义。一块不起眼的石头,由于你的珍惜、惜售而提升了它的价值,竟被传为稀世珍宝。你不就像这块石头一样?只要自己看重自己,自我珍惜,生命就有意义,有价值。"

大道理 自己瞧不起自己，别人会更加瞧不起你，生命的价值首先取决于你自己的态度，珍惜独一无二的自己，不断地去充实自己、发掘自己。

四 便 士

在爱丁堡，我和一名绅士在一个非常寒冷的夜里，站在一所旅馆的门前。这时，一个小男孩过来了。他的脸蛋枯瘦而铁青；脚上什么也没穿，已经冻得通红通红；披在身上的，只是一缕破布条而已。他走到我们面前说："求求您，先生，买几盒火柴吧？"

"不，我们什么也不要。"

"可是它们一盒才要一个便士。"小家伙哀求道。

"是的，可是你知道我们是一盒火柴都不需要的。"

"那么，我两盒只要一便士。"小男孩最后说。

为了摆脱他，我买了一盒，可是我没有零钱给他，于是我对他说："我明天再买。"

"喔，请买下它们吧。"小男孩再次哀求，"我可以跑去把零钱找开。我实在太饿了。"

于是，我给了他一先令，他跑远了。我在那儿等着，可是一直不见他回来。于是我就想，我把一先令丢了。可是我仍然相信小男孩那张脸，不愿把他往坏处想。

深夜的时候，一位侍者进来说，一个小男孩想见我。当他被带进来的时候，我才知道他是拿走我那一先令的小男孩的弟弟。他同样衣衫褴褛、贫穷、瘦削。他在门口站了一会儿，捻着自己的衣襟，好像在寻找什么东西似的。然后他说："您是从桑狄那儿买了一盒火柴的那位先生吗?"

"是的!"

"哦,那么,这是一先令剩下的四便士。桑狄不能来了,他非常糟糕。一辆马车撞上他,把他撞倒了。他丢了帽子,丢了火柴,也把您的钱丢了。他的双腿断了,他非常糟糕,医生说他活不了啦。这是他能够给您的找头。"

可怜的小男孩把四便士放在桌上,然后伤心地哭了。我把小男孩安慰了一番,然后就和他一起去看桑狄。

我发现两个小家伙和他们肮脏、酗酒的继母生活在一起。他们自己的父母亲已经死了。我看到可怜的桑狄躺在一堆木屑上面。我一进去,他就认出是我。他说:"我换了找头,先生,正要回来,一匹马把我撞倒了,我的双腿断了。鲁比,小鲁比!我肯定活不了了。我走了,谁来照看鲁比?你将怎么办?鲁比?"

我拉住可怜的桑狄的手,告诉他说:"我将永远照顾鲁比。"他懂得了我所说的,使劲地看着我,好像要向我表示谢意。然后,光彩从他蓝色的眼睛里消失了……

大道理 生命重如山,诚信大于天,君子以诚信为本,视诚信大于生命。信守承诺的人会得到诚信给予他应得的报酬,甚至更多。

打　猴

秃岭山上的树木越来越少,秃岭山上的猴子也快绝迹了。

快绝迹的猴子反而与人为敌。大白天,人都不敢单身过秃岭山!饿红了眼的猴子们,见人单身提着兜儿或挑着担子过秃岭山,竟敢前呼后拥地拦路抢劫。

有时，翻你兜里有没有吃的，还气愤地揪你的头发，抓你的脸。尤其使你不能容忍的是，那六只大公猴发情后，见了漂亮点的女人就摆弄它们的生殖器。

村里人也是出于无奈，才决定打死它们。

玩了一辈子火枪的麻六爷，可算是找到了"活靶子"，自从村里贴出告示要打秃岭山上的猴子后，他每天扛着火枪在山上转悠，几乎是见一只，打死一只。

麻六爷枪法准，下手很残酷，见到一公一母的猴子在一起时，他总是先打死那只母猴。这样，即使公猴跑掉也无妨，他蹲在一旁藏起来，不急着去捡那只死了的母猴。

用不了多大工夫，那公猴就会来找他的同伴……要是一家老小在一起，他就先开枪打死幼猴，这和先打死母猴是一个理儿。

这天，天下着雨。麻六爷在山涧的石缝里，发现一只母猴一只幼猴，麻六爷看到它们时，那只小猴正在埋头吃奶。凭直觉，公猴只怕是早就死在他麻六爷的枪下了。要不，这下雨天，它们是不会分开的。

但麻六爷还是向左右树上望了望，确信没有其他猴子时，他这才慢慢把枪筒瞄向了那只幼猴。可就在这同时，那只母猴突然发现了树丛中的麻六爷和麻六爷支在树杈上的黑洞洞的枪口。逃跑，是绝对不可能了！

绝望中的母猴，没有躲藏，也没有惊慌，它一只前爪揽住胸前的幼猴，另一只前爪抬起来，冲麻六爷摇了摇，示意麻六爷先不要开枪。

麻六爷愣了！他知道猴子这东西有灵性，但他从来没见过面临死亡的猴子，还会像人一样同他挥手"告别"！

一时间，麻六爷扣紧了的扳机静止着。凭他的枪法，这两只猴子是一个也不会逃掉的！但他要看个究竟。这时候，只见那只母猴把胸前的幼猴慢慢地推向一旁石窟后，冲麻六爷挥挥前爪，示意麻六爷冲它胸膛开枪……

当下，麻六爷手软了！

他愣愣地看着那猴，慢慢地收回枪。直到他返回到山下，他才冲着路边的水沟，"嘭"的一声，放掉了那枪火药。

此后，麻六爷再不打猴。奇怪的是，秃岭山上仅剩的几只猴子也不再与人为敌了。

大道理 母爱真的是很伟大。世界上的母亲总是为自己的儿女着想，即使是舍弃自己的性命也在所不惜。

一双久别的皮鞋

去年的一个夏日，我在商场买了一双挺高档的皮鞋，质量很好，款式也不错，就是鞋跟矮些（我个子矮，喜欢穿鞋跟略高的鞋）。回家前，我想找个师傅替我在鞋跟底多加一块硬胶，并且沿鞋边上一层暗线。

看到我拎着皮鞋走来，一整排的修鞋师傅都满脸笑容地向我招手："到我这里来"、"我的手工好"、"我收费便宜"……

我却走向一个没吭一声，看样子正闲着的女子，直觉告诉我她很可信且有过硬的手艺。

等她开始工作后，我就同她聊起来："你的手艺真不错呢。"

"还可以，就是不会招揽生意，钱赚得比别人少。已经干不下去了，我明天就回家去，车票也买好了。"

"别急着走，下回我还想找你呢。只要你有手艺，讲诚信，坚持下去生意总会好起来的。"

刚说到这里，我的手机响了，我赶去办点急事，便对她说："这活你慢慢干，我七点钟来取鞋。"

"你一定要过来，明天你可就找不到我了。"她再三叮嘱。

事情办完，六点钟刚过。可等我赶到修鞋的地方时，哪还有她的身影?!

"她走了"、"你的新皮鞋没啦"……其他的修鞋师傅都幸灾乐祸起来。

想不到向来眼光独到的我竟然也看错了，失去皮鞋事小，自己没有了洞察力事大啊!直到今年初春偶然经过那次修鞋的地方时，突然听见有人高声喊我：

"先生，先生……"一个女人向我追来，且大声喊着。

"叫我吗?"我停了脚步回过头来。

"你还认识我吗?"她气喘吁吁地说，"过来拿你的皮鞋吧，都放了大半年了。"

"你没有回去?"我问。

"我走得了吗?"她说，"你又没来取皮鞋。"

"可我来过呀?"我颇愕然。

"那天我想先回去收拾东西一下，六点半就到这里开始等你。一直等到半夜也没见你过来……"她说得有点儿激动。

"你就这样留下来了?"取过皮鞋，倒是我有些歉意了。

"真够麻烦的，我每天都把它带出来，还要记住你的模样，连梦里也见过你好几回哩。"

正在这时，有好几个客人来到她的摊前要修鞋，我便有点儿惊奇地问："看来你的生意很不错。"

她笑了,是自信的笑。

打那以后,只要一穿上这双久别的皮鞋,我就觉得格外轻松,似乎找回了某种感觉……

大道理 金钱是衡量商品价值的尺度,利润是衡量经营效果的标准,但在现代社会中,还应树立正确的义利观。只有以信为本,以信求利,赢得长久的信誉,才能保持长久繁荣。

临 危 不 惧

这是发生在第二次世界大战期间的一个真实感人的故事。

法国第厄普市有位家庭妇女,人称伯爵夫人。她的丈夫在马奇诺防线被德军攻陷后,当了德国人的俘虏,她的身边只留下两个幼小的儿女——12岁的雅克和10岁的杰奎琳。为把德国强盗赶出自己的祖国,母子三人参加了当时的秘密情报工作。

一天晚上,屋里闯进了三个德国军官,其中一个是本地区情报部的官员。他们坐下后,一个少校军官用一张揉皱的纸就着暗淡的灯光吃力地阅读起来。

这时,那个情报部的中尉,伸手拿过藏有情报的蜡烛点燃,放到长官面前。情况变得危急起来,伯爵夫人知道,万一蜡烛燃到铁管之后,就会自动熄灭,同时也意味着他们一家三口的生命将告结束。她看着两个脸色苍白的儿女,急忙从厨房中取出一盏油灯放在桌上。"瞧,先生们,这盏灯亮些。"说着轻轻地把蜡烛吹熄,一场危机似乎过去了。但是,轻松没有持续多久,那个中尉又把冒着青烟的烛芯重新点燃。"晚上这么黑,多点支小蜡烛也好嘛。"他说。烛光接着发出微弱的光。

此时此刻,那支小蜡烛仿佛成为这房里最可怕的东西。伯爵夫人的心提到了嗓子眼,她似乎感到德军那几双恶狼般的眼睛都盯在越来越短的蜡烛上。一旦这个情报中转站暴露,后果是不堪设想的。

这时候,小儿子雅克慢慢地站起来,说:"天真冷,我到柴房去搬些柴来生火吧。"说着伸手端起烛台朝门口走去,房子顿时暗下来。中尉快步赶上前,厉声喝道:"你不用灯就不行吗?"一把把烛台夺回。

时间一分一秒地过去。突然,小女儿杰奎琳娇声对德国人说道:"司令官先生,天晚了,楼上黑,我可以拿一盏灯上楼睡觉吗?"

少校瞧了瞧这个可爱的小姑娘,一把拉她到身边,用亲切的声音说:"当然可以。我家也有一个像你这么大的小女儿。来,我给你讲讲我的路易莎好吗?"

杰奎琳仰起小脸,高兴地说:"那太好了。不过,司令官先生,今晚我的头很痛,我想睡觉了,下次您再给我讲好吗?"

"当然可以,小姑娘。"杰奎琳镇定地把烛台端起来,向几位军官道过晚安,朝楼上走去了。

当杰奎琳踏上最后一级阶梯时,蜡烛熄灭了。

大道理 善于控制和掩饰自己,临危不惧、机智沉着的人,只要有一颗对事业忠诚的心,常常能够战胜一切强大的对手或困难。

第四辑　仁爱

保持"大同小异"的生活姿态，不去追求不可能真实做到的"完全一致"，是一种生命的巧取，它既可以免于自寻烦恼，又有利于休养生息。

真正的大师

一位世界一流的小提琴演奏家在为人指导时，从来不说话。每当学生拉完一曲后，他总是再拉一遍，让学生从倾听中得到教诲。"琴声是最好的教育。"他如是说。

他收了一位名不见经传的新生，在拜师仪式上，学生为他演奏了一首短曲。这个学生很有天赋，把这首短曲演奏得出神入化、天衣无缝。

学生演奏完毕，这位大师照例拿着琴走上台。但是这一次，他把琴放在肩上，却久久没有奏响。他沉默了很长时间后，把琴从肩上又拿了下来，深深地叹了口气，走下了台。

众人惊慌失措，不明白发生了什么事。这位大师微笑着说："你们知道吧，他拉得太好了，我没有资格指导他。最起码在刚才的这支曲子上，我的琴声对他只能是一种误导。"

全场静默片刻,然后爆发出一阵热烈的掌声。

呵,盛名之下的大师,没有担心在众人面前褒扬学生的高超会无形中降低自己的威信,他在拥有一流琴艺和一流师名的同时,也依然拥有磊落的胸怀和可贵的谦逊。这就是真正的大师!

大道理 真诚地发现和赞美别人的优秀之处,不怕自己丢面子,需要豁达的心胸。实际上,这样的人是不会丢面子的,他只会赢得更多的尊重。

测　　试

一位来中国观光的美国老太太,用那根曾经指点过世界许多名胜的手指,在一群中国孩子中指点了三下。于是三个孩子:一个10岁的女孩,一个7岁的男孩和一个大约5岁的女孩,站到了这位美国老太太的面前。

美国老太太拿出一只玻璃瓶子,瓶肚很大,瓶口很小。三只刚能通过瓶口的小球正躺在瓶底。小球上各系一根丝绳,像青藤一样从瓶口爬出来,攥在这个美国老太太的手里。

美国老太太狡黠自负地笑了一下,对一旁的中国主人说,都说中国人是世界上最聪明的,现在我要试一试。

三个中国孩子露出紧张惶恐的神色。

她宣布游戏规则。这三个小球分别代表你们三个人。这个瓶子代表一口干井。你们正在井里玩。突然,干井冒出水来,水涨得很快,你们必须赶快逃命。记住,我数7下,也就是只有7秒钟,如果你们谁还没有逃出来,谁就被淹死在井里了。

她把三根丝绳递给了三个中国孩子。

空气突然凝滞了,好像死神在四周徘徊。美国老太太做出一个表示开始的手势。只见那大约5岁的女孩很快从瓶里拉出了自己的球;接下来是那个7岁的男孩,他先是看了一眼比自己大的女孩,接着迅速地将自己的球拉出瓶口;最后是那个10岁的女孩,从容又轻捷。全部时间不到5秒。

美国老太太惊呆了,本来一场惊心动魄的游戏,竟这么平淡乏味地结束了。

她先问那个小男孩,你为什么不争先逃命?小男孩摆出一副很勇敢的劲头,手指着那个最小的女孩:"她最小,我应当让她呀!"她又问那个10岁的女孩,女孩说:"三个人里我最大,我是姐姐,应该最后离开。"老太太又问,那你就不怕自己被淹死?女孩答道:"淹死我,也不能淹死弟弟妹妹。"

于是,泪水从美国老太太的眼里涌了出来。她说她在许多国家曾试过这种游戏,几乎没有一个国家的孩子能够这样完成它,他们争先恐后,互不相让……

大道理 聪明不仅仅是思维敏捷,它还是一种明智的处世方式,它是一种豁达,一种无私、无畏的品格。

小 费

8月中旬,我随科考队乘船来到哈苏里奥克土著部落,考察那里的风土人情。中午时分,我们把船停在离岸约15米的河面,准备吃饭。看到一家土著人房后有一棵大树,样子很奇特。我以前从没见过,问船上的人,也没人知道树名。岸边有个中年土著妇女正在洗衣服,一个小女孩在旁边玩耍,估计是她的女儿,六七岁的样子,皮肤黝黑,光着膀子,清晰的肋骨显示出营养不良。我请随行的翻译帮忙,他用土著语高声询问妇女,房后的大树叫什么名字,妇女显然听到了翻译的话,停下手中的活,抬头看了看我们,然后转身进屋去了。

过了一会儿,她从屋里拿出一个小塑料袋,交给小女孩。她对小女孩比划着,用手指着塑料袋,又指指我们。然后,小女孩跳进水里,左手托着塑料袋举过头顶,右手奋力地划水,向科考船游过来。

她过来索取小费,我立刻反应过来。因为事先看过一些资料,当地有这样的传统,别人为你提供了帮助或服务,就应该付小费,入乡随俗,我赶紧准备好零钱。

看着小女孩向我们游来,我开始担心她的安全,心中责怪那个狠心的母亲,仅仅为了一点小费,却让这么小的孩子冒险涉水,值得吗?

她还是顺利地游过来了。小女孩被我们拉上船,她的小脸已经涨红,微微喘着气,把手中的塑料袋交给我。

出乎意料,里面还装了一张小纸条,纸条的一角已经被水浸湿。上面写着一行字,我看不懂,把它交给翻译。

纸条上写着:我是哑巴,不能说话,我让孩子送来树名:大科里亚树。

大道理 千万不要犯"以小人之心度君子之腹"的错误。要懂得这样的道理:并不是每个人都像你想的那样庸俗。

魅力和胸襟

2004年8月23日,雅典奥运会男子单杠决赛正在激烈进行,28岁的俄罗斯名将涅莫夫第三个出场,他以连续腾空抓杠的高难度动作征服了全场观众,但在落地的时候,他出现了一个小小的失误——向前移动了一步,裁判因此只给他打了9.725分。

此刻,奥运史上少有的情景出现了:全场观众不停地喊着:"涅莫夫!涅莫夫!"并且全部站了起来,不停地挥舞手臂,用持久而响亮的嘘声,表达自己对裁判的愤怒。比赛被迫中断,第四个出场的美国选手保罗·哈姆虽已准备就绪,却只能尴尬地站在原地。

面对这样的情景,已退场的涅莫夫从座位上站起来,向朝他欢呼的观众挥手致意,并深深地鞠躬,感谢他们对自己的喜爱和支持。涅莫夫的大度进一步激发了观众的不满,嘘声更响了,一部分观众甚至伸出双拳,拇指朝下,做出不文雅的动作来……

面对如此巨大的压力,裁判被迫重新给涅莫夫打了9.762分。

可是,这个分数不仅未能平息观众的不满,反而使嘘声再次响成一片。

这时,涅莫夫显示出了他非凡的人格魅力和宽广胸襟。他重新回到赛场,举起右臂向观众致意,并深深地鞠了一躬,表示感谢;接着,他伸出右手食指做出噤声的手势,然后将双手下压,请求和劝慰观众保持冷静,给保罗·哈姆一个安静的比赛环境。

涅莫夫的宽容,让中断了十几分钟的比赛得以继续进行。

在那次比赛中,涅莫夫虽然没有拿到金牌,但他仍然是观众心目中的"冠军";他没有打败对手,但他以自己的宽容征服了观众。

大道理 真正的宽容豁达，比一块金牌更能体现奥林匹克的精神。你只要拥有豁达的心胸，你就会更受人尊敬。

最 高 境 界

从前有一个富翁，他有三个儿子，在他年事已高的时候，富翁决定把自己的财产全部留给三个儿子中的一个。可是，到底要把财产留给哪一个儿子呢?富翁于是想出了一个办法:他要三个儿子都花一年时间去游历世界，回来之后看谁做了最高尚的事情，谁就是财产的继承者。

一年时间很快就过去了，三个儿子陆续回到家中，富翁要三个人都讲一讲自己的经历。大儿子得意地说:"我在游历世界的时候，遇到了一个陌生人，他十分信任我，把一袋金币交给我保管，可是那个人却意外去世了，我就把那袋金币原封不动地交还给了他的家人。"二儿子自信地说:"当我旅行到一个贫穷落后的村落时，看到一个可怜的小乞丐不幸掉到湖里了，我立即跳下马，从河里把他救了起来，并留给他一笔钱。"三儿子犹豫地说:"我、我没有遇到两个哥哥碰到的那种事，在我旅行的时候遇到了一个人，他很想得到我的钱袋，一路上千方百计地害我，我差点死在他手上。可是有一天我经过悬崖边，看到那个人正在悬崖边的一棵树下睡觉，当时我只要抬一抬脚就可以轻松地把他踢到悬崖下，我想了想，觉得不能这么做，正打算走，又担心他一翻身掉下悬崖，就叫醒了他，然后继续赶路了。这实在算不了什么有意义的经历。"富翁听完三个儿子的话，点了点头说道:"诚实、见义勇为都是一个人应有的品质，称不上是高尚。有机会报仇却放弃，反而帮助自己的仇人脱离危险的宽容之心才是最高尚的。我的全部财产都是老三的了。"

大道理 恩将仇报的人和事是屡见不鲜的；有机会报仇却放弃，反而帮助自己的仇人脱离危险的人和事并不多见。只有宽容和豁达的人，才能真正享受人生的最高境界。

早 日 康 复

阿根廷著名的高尔夫球手罗伯特·德·温森多是一个非常豁达的人。

有一次温森多赢得一场锦标赛。领到支票后，他微笑着从记者的重围中走出来，到停车场准备回俱乐部。这时候一个年轻的女子向他走来。她向温森多表示祝贺后又说她可怜的孩子病得很重，也许会死掉。而她却不知怎样才能支付昂贵的医药费和住院费。

温森多被她的讲述深深打动了，他二话没说，掏出笔，在刚赢得的支票上飞快地签了名，然后塞给那个女子，说："这是这次比赛的奖金。祝可怜的孩子早日康复。"

一个星期后，温森多正在一家乡村俱乐部进午餐，一位职业高尔夫球联合会的官员走过来，问他前一周是不是遇到一位自称孩子病得很重的年轻女子。

温森多点了点头，说有这么一回事，又问："到底怎么啦？"

"哦，对你来说这是一个坏消息。"官员说，"那个女子是个骗子，她根本就没有什么病得很重的孩子。她甚至还没有结婚哩！你让人给骗了！"

"你是说根本就没有一个小孩子病得快死了?"

"是这样的,根本就没有。"官员答道。

温森多长吁了一口气,然后说:"这真是我一个星期以来听到的最好的消息。"

大道理 如果你希望获得永恒的快乐,就必须要有豁达的心胸,用和善的目光看待周围发生的一切,用宽广的胸怀拥抱世界。

地板上的暖瓶

主人沏好茶,把茶碗放在客人面前的小几上,盖上盖儿。当然还带着那甜脆的碰击声。接着,主人又想起了什么,随手把暖瓶往地上一搁,便匆匆进了里屋。里屋里很快传出一阵开柜门和翻东西的声响。

这一切,10岁的女儿并没在意,还跑到窗户边去看花。父亲却倾听着里屋子的动静,手指不自觉地触到那茶碗细细的把儿——忽然,叭的一声,跟着是绝望的碎裂声。

地板上的暖瓶倒了。女孩也吓了一跳,猛地回过头来。事情尽管极简单,但这近乎是一个奇迹:父女俩一点儿也没碰它。的的确确没碰它。而主人把它放在那儿时,虽然有点摇晃,可是并没有马上就倒呀!

暖瓶的碎裂声把主人从里屋揪了出来。他的手里攥着一盒方糖,一进客厅,主人下意识地瞅着热气腾腾的地板,脱口说了声:

"没关系!没关系!"

那父亲似乎马上要做出什么表示,但他控制住了。

"太对不起了。"他说,"我把它碰倒了。"

"没关系。"主人又一次表示出一副无所谓态度。

从主人家出来,女儿问:"爸,是你碰倒的吗?"

"……我离得最近。"爸爸说。

"可你没碰!那会儿我刚巧在瞧你玻璃上的影儿。你一动也没动。"

爸爸笑了:"那你说怎么办?"

"暖瓶是自己倒的!地板不平。爸,你为啥说是你……"

"我问你,主人能看见这一切吗?"

"可以告诉他呀。"

"那样不好,孩子。"爸爸说,"还是说我碰的好。这样,既不会伤害主人的面子,我也不会因难以证明自己而苦恼了。毕竟一只热水瓶值不了几元钱,不是什么大事,何必那么认真呢?"

大道理　自己被别人误解固然苦恼,但在解释比较困难时,主动承担一些无关紧要的误解却不失为最简单的、最明智的选择。

反　　省

英国前首相威尔逊与一个小孩有过一件趣事。

有一天,威尔逊为了推行其政策,在一个广场上举行公开演说。当时广场上聚集了数千人。突然从听众中扔来一个鸡蛋,正好打中他的脸。安全人员马上下去搜寻闹事者,结果发现扔鸡蛋的是一个小孩。威尔逊得知之后,先是指示属下放走小孩,后来马上又叫住了小孩,并当众叫助手记下小孩的名字、家里的电话与地址。

台下听众猜想威尔逊是不是要处罚这个小孩,于是开始骚乱起来。这时威尔逊要求会场安静,并对大家说:"我的人生哲学是要在对方的错误中,去发现我的责任。方才那位小朋友用鸡蛋打我,这种行为是很不礼貌的。虽然他的行为不对,但是身为大英帝国的首相,我有责任为国家储备人才。那位小朋友从下面那么远的地方,能够将鸡蛋扔得这么准,证明他可能是一个很好的人才,所以我要将他的名字记下来,以便让体育大臣注意栽培他,使其将来能成为我国的棒球选手,为国效力。"威尔逊的一席话,把听众都说乐了,演说的场面也更加融洽。

大道理 从别人的过错中发掘长处,积极寻找具有建设性的建议,不仅让不愉快的事情随风而逝,而且还将坏事化为好事。

秘　密

"对不起,您能听一下这孩子的话吗?"那是阿丽达在当百货玩具柜台工人时遇到的她一生都难以忘记的一件事情。

阿丽达被一位30多岁的母亲叫住,有一位小学一年级左右的男孩子紧张地站在母亲身旁。那男孩子像贝壳一样闭着嘴,眼睛只是向下看。

他母亲用严厉的语气说:"快点,这位阿姨很忙!"

阿丽达感到空气骤然紧张起来,到底是什么事呢?她一边猜想着,一边仔细看着这母子俩。

这时阿丽达发现那男孩子手中握着什么东西,他那双小手还有点颤抖——那是件当时很受孩子们欢迎的玩具,这种玩具每次进货都被抢购一空,而且被盗窃的数量不亚于销售量。

"怎么了,你说点什么呀!"他母亲很生气,眼眶里充满了泪水,这时男孩子已经上气不接下气地哭了。

阿丽达的心脏仿佛被猛戳了一下,阿丽达又一次面向孩子,阿丽达想她必须要听他说句话,阿丽达甚至感到这个瞬间可能会左右孩子今后的人生。

这时,男孩子的手不自然地伸开,被揉搓得已破烂了的包装中露出了玩具。

"我没想拿……"他费了很大力气才说出这句话。阿丽达至今还记得,男孩子最后泣不成声地说了一句:"对不起。"

母亲那时的表情难以形容,阿丽达感到她好像放心地深叹了一口气。

然后,男孩的母亲干脆地对阿丽达说:"请叫你们负责人来,我来跟他说。"

这时,阿丽达第一次懂得了母亲对孩子深深的爱和教育子女的不易,阿丽达被男孩的母亲的行为深深地感动了。

"不用了,我收下这玩具钱,这件事就作为我们三个人的秘密吧,孩子也明白自己做错了事,这就够了。"

阿丽达觉得自己只道出了心情的一半,阿丽达的眼泪已流到面颊。那位母亲几次向阿丽达鞠躬表示歉意的身影,阿丽达现在都忘不掉,永远也忘不掉。

大道理 孩子是容易犯错误的,当他们偶尔"失足"的时候,既要让他们认识到自己的错误,同时也要用宽容的态度让他们改正错误。

关　　照

美国的石油大王哈默蜚声世界，各大报社都竞相采访他，想借此提高报纸的声誉与卖点。

这天哈默接受了一家名不见经传的小报记者的采访，哈默同意回答他的一个问题。这个记者问了他一个最敏感的话题："为什么前一阵子阁下对东欧国家的石油输出量减少了，而你最大对手的石油输出量却略有增加，这似乎与阁下现在的石油大王身份不相符。"

但是哈默依旧不愠不火，平静地回答："关照别人就是关照自己。而那些想在竞争中出人头地的人如果知道，关照别人需要的只是一点点理解与大度，却能赢来意想不到的收获，那他一定会后悔不迭。关照，是一种最有力量的方式，也是一条最好的'路'。"

小报记者以为哈默只是在故弄玄虚，敷衍自己。当然那次采访也没有收到预想的结果，他一直耿耿于怀，对哈默那番不着边际的话更是迷惑不解。

然而这确实是哈默的切实感受，在哈默成为石油大王之前，他曾是个不幸的逃难者。有一年的冬天，年轻的哈默随一群同伴流亡到美国南部加州一个名叫沃尔逊的小镇上，在那里，他认识了善良的镇长杰克逊。可以说杰克逊对哈默的成功起了不可估量的作用。

那天，冬雨霏霏，镇长门前的花圃旁的小路成了一片泥淖。于是行人就从花圃里穿过，弄得花圃一片狼藉。哈默替镇长感到痛惜，便不顾风吹雨打，一个人站在雨中看护花圃，让行人从泥淖中穿行，直到镇长将一担炉渣铺在泥淖里。

结果，再也没有人从花圃里穿过了。最后，镇长意味深长地对哈默说：“你看，关照别人就是关照自己，有什么不好？”

大道理 如果能有一条可以顺利通过的路，谁还会愿意去践踏美丽的花圃呢？理解和大度最容易缩短两颗敌视的心的距离，而关照就是心与心之间最美丽的桥梁。

忍 耐 是 福

白隐是日本禅宗的著名高僧，本以生活纯洁的圣者闻名。不料有一天，他却被人指责使附近的一个女孩儿受孕。女孩儿的父母怒不可遏地去找白隐理论，因为这个美丽的女儿在父母逼问下指称孩子的父亲是白隐。

白隐默默地听着那对愤怒的父母的交相指责，最后只说了一句话：“就是这样吗？”孩子生下来之后，当然交给“父亲”白隐，此时大师的名誉扫地，恶名远扬，但他并不介意，只是非常细心地照顾孩子，婴儿所需的奶水及一切用品，都是由他向邻居乞求而来。

事隔一年之后，这个孩子的未婚妈妈终于受不住良心的谴责，向父母吐露了实情：孩子的亲生父亲其实是在鱼市工作的一名青年。她的父母立即将她带到白隐那儿，向禅师道歉，请求原谅，并且将孩子领回。白隐并不说话，只在交回孩子的时候轻声说道：“就是这样吗？”

面对巨大的委屈、众人误解的不公待遇，白隐禅师却能忍下这天大的冤枉，只一句“就是这样吗？”轻轻地把事情打发了。从另一个角度看，白隐禅师忍辱负重却是件好事情，事后给他带来了更高的声望。

大道理　白隐的目的肯定不是沽名钓誉，但却证明了中国的那句老话：忍耐是福！能够忍耐的人，会永远含着微笑，从容迎接人生旅程上的风吹雨打。

用生命打赌

李叔同是我国20世纪初杰出的艺术家。他在艺术学校当老师的时候，有一次，一个学生向他报告说，他的一件毛衣被偷了，一切迹象表明，偷东西的人就是本班的学生。

上课的时候，李叔同对全班学生说："大家都知道了，我们班里发生了一件不该发生的事情，有个同学错拿了别人的东西，我知道他不是故意的，他很后悔，我很了解他，我知道他一定会把这件东西还给同学的。我相信他，我敢用自己的生命打赌，他一定会这样做的！是的，我打赌，从现在开始我不吃饭，等拿错的东西还回去后我再吃饭。好了，现在放学吧。"

学生们一个个背着书包回家去了，没有人留下来。

第二天早上，仍然没有人来承认错误，也没有人把东西送回来，当然李叔同也就没有吃饭。可是他依旧打起精神去上课。

第三天上午又是李叔同的课，他只喝了一杯水，坚持上完了这堂课。走下讲台的时候他感觉到腿有些发软，头上冒出许多虚汗。学生们都在静静地看着他，他知道，这些目光中一定有一道是愧疚的，他要给他时间。

晚上放学之前，李叔同在自己的办公桌上看到了一件毛衣和一封信，信上写着："谢谢您的信任，我一定会改正错误的。"下面没有署名。李叔同没有追查这个学生，事情就这样过去了。李叔同一直不知道这个犯错误的学生是谁,当然他也不希望任何人知道他是谁。他只知道那个学生已经改正了这个坏毛病。

大道理 李叔同用他的绝食举动鲜明地表达了自己对偷窃行为的鄙视,同时以生命为代价的信任,在无形中改造了一个人,这就是信任的力量。

第一百个客人

中午就餐高峰时间过去了,原本拥挤的小吃店,客人都已散去,老板正要喘口气翻阅报纸的时候,有人走了进来。那是一位老奶奶和一个小男孩儿。

"牛肉汤饭一碗要多少钱?"奶奶坐下来拿出钱袋数了数钱,叫了一碗热气腾腾的汤饭。

奶奶将碗推向孙子面前,小男孩儿吞了吞口水,望着奶奶说:"奶奶,您真的吃过午饭了吗?"

"当然了。"奶奶含着一块萝卜泡菜慢慢咀嚼。一眨眼工夫,小男孩儿就把一碗汤饭吃个精光。

老板看到这情景,走到两个人面前说:"老太太,恭喜您,您今天运气真好,是我们的第一百个客人,所以免费。"

一个多月后的一天,老板又看见那个小男孩儿蹲在小吃店对面像在数着什么东西。

原来小男孩儿每看到一个客人走进店里,就把一颗小石子放进他画的圈圈里。但是午餐时间都快过去了,小石子却连50个都不到。

老板看明白后,马上打电话给所有的老顾客,对他们说如果没什么事,就来吃碗汤饭吧,今天他请客。"81,82,83……"小男孩儿数得越来越快了。终于当第99个小石子被放进圈圈的那一刻,小男孩儿连忙拉着奶奶的手进了小吃店。

"奶奶,这一次换我请客了。"小男孩儿有些得意地说。真正成为第一百个客人的奶奶,让孙子招待了一碗热腾腾的牛肉汤饭。而小男孩儿就像奶奶上次一样,嘴里含着块萝卜、慢慢咀嚼着。

"也送一碗给那男孩儿吧。"老板娘不忍心地说。

"那小男孩儿现在正在学习不吃东西也会饱的道理哩!"老板回答说。

吃得津津有味的奶奶问小孙子:"要不要留一些给你?"

没想到小男孩儿却拍拍他的小肚子,对奶奶说:"不用了,我很饱,奶奶您看……"

大道理 一念善心助长一棵幼苗,棵棵幼苗可以成材。在社会大家庭里,人人具有爱,社会才会更有情。

多一句赞美

几天前,我和一位朋友在纽约搭计程车。下车时,朋友对司机说:"谢谢,搭你的车十分舒适。"这司机听了愣了一愣,然后说:"你是混黑道的吗?"

"不,司机先生,我不是在寻你开心.我很佩服你在交通混乱时还能沉住气。"

"是呀!"司机说完,便驾车离去了。

"你为什么会这么说?"我不解地问。

"我想让纽约多点人情味。"他答道,"唯有这样,这城市才有救。"

"靠你一个人的力量怎能办得到?"

"我只是起带头作用。我相信一句小小的赞美能让那位司机整日心情愉快。如果他今天载了20位乘客,他就会对这20位乘客态度和善,而这些乘客受了司机的感染,也会对周遭的人和颜悦色。这样算来,我的好意可间接传达给1000多人,不错吧?"

"但你怎能希望计程车司机会照你的想法做呢?"

"我并没有希望他,"朋友回答,"我知道这种做法是可遇不可求,所以我尽量多对人和气,多赞美他人,即使一天的成功率只有百分之三十,但仍可连带影响到300人之多。"

"我承认这套理论很中听,但能有几分实际效果呢?"

"就算没效果我也毫无损失呀!开口称赞那司机花不了我几秒钟,他也不会少收我的小费。如果那人无动于衷,那也无妨,明天我还可以去称赞另一个计程车司机呀!"

"我看你脑袋有点病。"

"从这就可看出你越来越冷漠了。我曾调查过邮局的员工,他们最感沮丧的除了薪水微薄外,另外就是欠缺别人对他们工作的肯定。"

"但他们的服务真的很差劲呀!"

"那是因为他们觉得没人在意他们的服务质量。我们为何不多给他们一些鼓励呢?"

我们边走边聊,途经一个建筑工地时,我朋友看见5个工人正在一旁吃午餐,便停下了脚步:"这栋大楼盖很真好,你们的工作一定很危险辛苦吧?"那群工人一脸狐疑地望着我朋友。

"工程何时完工?"我朋友继续问道。

"6月份。"一个工人低应了一声。

"这么出色的成绩,你们一定很引以为荣。"

离开工地后,我对他说:"你这种人也可以被列入濒临绝种的动物了。"

"这些人也许会因我这一句话而更起劲地工作,这对所有的人何尝不是一件好事呢?"

"但光靠你一个人有什么用呢?你不过是一介草民罢了。"

"我常告诉自己千万不能泄气,让这个社会更有情,原本就不是简单的事,我能影响一个就一个,能两个就两个……"

"刚才走过的女子姿色平庸,你还对她微笑?"

"是呀!我知道。"他答道,"如果她是个老师,我想今天上她课的人一定如沐春风。"

大道理 人们相互之间希望得多,彼此给予得却少,冷漠渐渐就冰封了人们的心。打破冰封,从我做起。

以爱心出发

关仔出狱才4个月,今天又被我当场抓住了。不过这次我毫不迟疑地把他关了起来。

在我的管区里,出现了一个精神病人。半年来,给我制造了不少麻烦。唉,这个拥有百万人口的大都市,连个收容这家伙的地方也没有。

傍晚,我骑着单车经过大业公司旁的空地时,看见那可怜的家伙正躺在草地上睡觉。在朦胧的街灯下,我仿佛看到什么东西在他身边蠕动。我停下车躲在路边察看,原来是一个人,正在脱那家伙的夹克。当窃贼手提夹克跨上马路时,我大步赶上去,人赃俱获。

我用手铐把他的左手锁在车把上，然后推车往警署走去。带着心中的疑问。我问他："为什么要偷一个精神病人的东西！"

"我当然有理由，不过，你会相信吗？"关仔回答。

"你说说看！"我想不出为什么他要偷一件脏臭的夹克。

"好吧，信不信由你！说老实话，出狱以后我就决心洗手不干了，我已经有了足够花的钱，那是我用坐牢换来的。再者，我已经老了，不论哪一行，一个人总得有退休的时候吧！我每天早晨沿着这条路走5公里以保持我的健康。那天早晨，我就给这个家伙拉住了，那是两个月以前。你记得寒流来的那几天吧。我穿了厚厚的夹克出门还冷得发抖，而这个可怜的家伙，却只穿了一件破汗衫。虽然他精神抖擞，口冒热气，但我知道他随时都有倒在马路上的可能，所以我脱下我的夹克给他穿上。他浑身只剩下皮包骨，手无缚鸡之力，当然拗不过我。穿好以后，我把他推开，跑步回家。警员先生，我的话，你相信吗？"

"现在你是想把夹克收回来，对吗？"我说。

"有精神病我才会这样做！"

"那你为什么呢？这夹克现在是属于他的呀！"

"我当然知道，可是你总晓得，现在已经是4月中旬了，中午的气温已经接近30摄氏度，他仍然穿着那件里面衬了毛的夹克，难道要热死他不成？"对于案犯的供词，我一向存疑，这次却例外。

大道理 爱心的表达不仅仅只有一种方式，无论以什么方式表达，只要是从爱心出发，就能使人感受到温暖。

爱是一盏灯

爱是一盏灯，照亮别人，也温暖自己。捧一颗爱心上路的人，一生都将在爱里。爱是一种非常美好的人生情感，像花，开出来把美丽带给别人，自己也可收获果实，为何要藏在心底？

乔治是华盛顿一家保险公司的营销员，有一次他为女友买花，认识了一家花店的老板本。也只是认识，他总共只在本的花店里买过两回花。

后来，他因为为客户理赔一笔保险费，被莫名其妙地指控为诈骗犯而投入监狱，他要坐10年的牢。闻此消息，女友离开了他。

10年太长，乔治过惯了热烈、激情的生活，不知自己该如何打发漫长的没有爱也看不到光明的日子，他对自己一点儿信心也没有。

乔治在监狱里过了郁闷的第一个月，他几乎要疯了，这时，有人来看他。在华盛顿他没有一个亲人，他想不出有谁还记着他。

在会见室里，他不由得怔住了，原来是花店的老板本。本给他带来一束花。

虽然只是一束花，却给乔治的牢狱生活带来了生机，也使他看到了人生的希望。他在监狱里开始大量地读书，钻研电子科学。

6年后，他获释，先在一家电脑公司做雇员，不久自己开了一家软件公司，两年后他身价过亿。

成为富豪的乔治去看望本，却得知本已于两年前破产了，一家人贫困潦倒，举家迁到了乡下。

乔治把本一家接回来，给他买了一套楼房，又在公司里为本留了一个位置。乔治说，是你每年的一束花，使我留恋人世的爱和温暖,给予我战胜厄运的勇气,无论我为你做什么,都不能回报当年你对我的帮助,我想以你的名义,捐一笔钱给北美机构,让天下所有不幸的人都感受到你博大的爱心。

后来,乔治果然捐了一大笔钱出来,成立了"华盛顿·本陌生人爱心基金会"。

奉献爱心,去爱每一个人,是每个人都很容易做到的事。一句话、一个微笑、一束鲜花就够了,这对于我们来说并不损失什么,却可能因此帮助别人走出困境,同时也让自己的一生美丽,何乐而不为呢?

大道理 一束鲜花改变了一个人的一生。假如人人都献出一点儿爱,世界将会是一个更加和谐、美好的大家庭,处处充满阳光。

第五辑　报恩

人生最大的幸福莫过于朋友在你最需要的时刻出现。痛苦是可以拆解的，而幸福不是。幸福，就是在与朋友共同面对困难的时候。

细　节

一次，在一位朋友家小坐，发现他给父母打电话的时候要拨两遍号码。第一遍拨过后，铃响三声就挂了，再拨第二遍，然后才通话。

"第一遍占线吗？"我随口问。

"没有。"

"是没想好说什么吗？"

"不是。"

"那干吗拨两遍号？"

他笑了笑说："你不知道，爸爸妈妈都是接电话非常急的人，只要听见铃声响，就会跑着去接。有一次，妈妈为接电话还让桌腿绊了一下，小脚趾肿了很长时间。从那时起，我就和二老约定，接电话不准跑。我先拨一遍，给他们预备的时间。"

我的眼睛忽然觉得十分湿润：是啊，平日都常说如何孝敬父母，这个小小的细节，不是对父母最主动的疼惜吗？"爱"是一件大衣衫，衣衫是要讲究式样、色彩、衣料，甚至时尚和流行的程度。但是，对于穿衣服的人来说，更需要这样细密而熨帖的针法，才能让这件衣衫变得真正温暖舒适起来呀！

为了让父母多一份安全和从容，多拨一遍电话号码，这是一件再琐碎不过的事。可是这件事就是这样爱的针法。

大道理　尊敬老人，不仅是物质上的赡养，更重要的是精神上的安慰，不仅表现在大事上，更体现在细节中。请不要忽略身边的细节，真正的孝敬永远存在于细节中。

善良的天性

记者同志，我实在没什么好说的。别把录音机对着我，也不要记录……

当时，我绝对没有想到是为了维护中马两国人民的友谊，真的，确实没这样想！

事情再简单不过了。前天，在下夜班路上，我捡到一只皮包，打开一看，里面全是洋人用的钱。在夜里，我不敢一个人站在街上等失主，就赶紧跑到派出所。民警同志认识这些钱，说是一万多美金。我从没见过这么多钱，不瞒您说，当时我心里还有点儿害怕哩！我想早点儿回家，可民警同志非要我留下姓名才让我走，我只好让他看了看我的身份证。今天早晨听说经过民警同志的努力，终于找到了失主。我刚刚才晓得失主是一位马来西亚的商人，我怎么会在前天就想到是为了维护中马两国人民的友谊呢？

看来你是非要我说出点儿什么来不可啰?……好吧,我告诉你一个秘密,这个秘密我可从来没跟人讲过!

我妈妈是个清洁工,1950年就开始扫大街,一扫就扫了40年,直到去年扫不动了才退休。妈妈40年来扫出的垃圾能堆成山,也扫到了许多行人丢失的钱物。妈妈单位里有一本拾物交公的表册,妈妈40年来上交的手表就有148块,金项链17条,金戒指36枚,钱包266只,至于硬币、钞票什么的,多得无法统计。

有一回,妈妈在马路边捡到一个刚出世的女孩儿,这个女孩儿就是我……我很爱现在的妈妈,但有时候也……

好了吧?明白了吧?不需要我再说什么了吧?

大道理　一个人做好事是不需要那么多理由的,不过是顺应自己的天性罢了。正因为人类有善良的天性,世界才如此的美好。

慧　　眼

从前有个年轻英俊的国王,他既有权势又很富有,但却为两个问题所困扰:自己一生中最重要的时光是什么时候?自己一生中最重要的人是谁?

于是,他对全世界的哲学家宣布,凡是能圆满地回答这两个问题的人,将分享他的财富。哲学家们从世界各个角落赶来了,但他们的答案却没有一个能让国王满意。这时有人告诉国王说,在很远的山里住着一位非常有智慧的老人,也许老人能帮他找到答案。国王到达那个智慧老人居住的山脚下时,装扮成了一个农民。他来到智慧老人住的简陋的小屋前,发现老人正盘腿坐在地上挖着什么。"听说你是个很有智慧的人,能回答所有问题,"国王说,"你能告诉我谁是我生命中最重要的人?何时是最重要的时刻吗?"

"帮我挖点土豆。"老人说,"把它们拿到河边洗干净。我烧些水,你可以和我一起喝点汤。"

国王以为这是对他的考验,就照他说的做了。他和老人一起待了几天,希望他的问题能得到解答,但老人却一直没有回答。

最后,国王对自己和这个人一起浪费了好几天时间感到非常气愤。他拿出自己的国王玉玺,表明了自己的身份,宣布老人是个骗子。

老人说:"我们第一天相遇时,我就回答了你的问题,但你没明白我的答案。"

"你的意思是什么呢?"国王问。

"你来的时候我向你表示欢迎,让你住在我家里。"老人接着说,"要知道过去的已经过去,将来的还未来临——你生命中最重要的时刻就是现在,你生命中最重要的人就是现在和你待在一起的人,因为正是他和你分享并体验着生活啊!"

大道理 珍惜现在的幸福比期望未来要重要得多,可是我们总是不能够去发现它。钻石就在我们身旁,关键是我们要有一双发现钻石的慧眼。

三个瞎眼的姑娘

从前有三个长得很漂亮的姑娘,可惜她们的眼睛不能看见充满阳光的世界。她们的母亲去世了之后,父亲就为她们娶了一个后妈。后妈嫌这三个姑娘眼睛看不见,只能吃不能做,是累赘,便想把她们打发走。可是父亲不忍心,于是后妈就整天在父亲面前唠叨,最后她父亲禁不住后妈的软磨硬泡,只好同意了。

一天早上,后妈对三个姑娘说:今天带你们到姥姥家去玩。三个姑娘高兴极了,于是后妈与父亲就把她们扶到毛驴上出发了。走到一处山谷,父亲对三个姑娘说:在这儿停一下,我们要去方便下。于是父亲就把三个姑娘扶下毛驴,扔在山谷里后,便偷偷地溜走了。三个姑娘等了好久,父母也没有回来。其中一个姑娘终于明白发生了什么事后,说:"他们肯定嫌我们是累赘,不要我们了,现在我们只能自己回去了。"

于是,三个姑娘就互相搀扶着往前走,走了好长的时间,她们又累又渴,正在这时,她们听到前面有水流的声音,于是她们随着声音来到了一个山洞,山洞里面有一条小河,她们捧起甘甜的河水喝了几口,然后又顺便洗了洗脸。突然间,她们惊喜地叫了起来:我看到了,我看到了!原来这水有神奇的功能,治好了她们的眼病。环顾四周,她们突然发现山洞里全是奇珍异宝,于是她们就高兴地用衣服包了一大包。走出山洞后,她们沿着原来的路往回走。走着走着,突然发现她们的父亲正牵着毛驴往她们这边走来,后妈在后面紧追。原来,父亲把她们扔到山谷后就后悔了,"三个瞎姑娘怎么能活下去?这不是要了她们的命吗?"于是他又回来找自己的女儿了。

三个姑娘见到父亲来找她们,高兴极了,赶紧把衣服里的宝贝拿给他看。后妈看到三个姑娘眼睛能看见了,又带回这么多宝贝,羞愧极了。她赶紧上前把三个姑娘扶到驴背上,一家人高高兴兴地回家了。

大道理 幸福就是这样的简单，即使有奇珍异宝也掩盖不住父亲的真情实感，因为亲情的幸福是由埋藏在心底的爱织成的。

乌 龟 感 恩

湖北老人焦秀金在年幼时，捡到一只小乌龟，他用小刀在乌龟的底壳上刻下自己的名字，然后放进了长江。两年后，乌龟奇迹般地出现在他家附近。他重新雕刻了原来的字，然后把它放到长江中间的一座孤岛上。

七八年后，这只乌龟又出现在他家附近。以后他曾多次放生，但奇怪的是，乌龟总能找回来，而且就像他家庭的一员，不管吃好吃歹，始终也不离去。

几十年后，焦秀金下了狠心，要把乌龟带到黄鹤楼放生。但多年来与乌龟结下的感情难以割舍，他含泪在龟背上刻下"七二"两个字。

一晃又过去了15年，1987年的一天，乌龟又回来了，并生下了五六只龟蛋。他被感动了，拿出刀子，在乌龟背上刻下"金石"二字，寓意乌龟回家的艰难。

有人建议说："刻上'湖北石首'吧，以后丢了好找。"从此，乌龟背上又多了"湖北石首"的字样。

1998年的洪水将他的家夷为平地，他不得不搬离居住了几十年的老屋。现在，老屋原址已经被堤坝拦在外面，他怀疑乌龟曾经回来过，但已找不到家了，而老人始终认为乌龟还是会再回来找他的!后来，这只从湖北漂流到上海的巨龟，经过千辛万苦，终于找到了自己的主人——焦秀金老人。老人激动地逢人就说："乌龟背底部刻有我的名字,它的背上还有'金石'、'湖北石首'、'七二'等字。"

大道理 动物身上体现出来的特性,往往让人类感动不已。乌龟尚能知恩、感恩,我们人类是不是应该做得更好些呢?

快 乐 分 享

有一位老人,在自家的园子种了几棵葡萄树。由于天气温暖,葡萄成熟时,满园子都是沉甸甸的果实。于是,他决定将葡萄送给别人品尝,好让别人和他分享这种愉快的心情。

老人将葡萄送给一个商人,商人品尝后赞赏不已,并说要付钱给老人。老人说他不要钱,只想送给他品尝,但商人执意要付钱。

老人将葡萄送给一个当官的,当官的品尝后,皱着眉头问道:"你有什么事情要我帮忙?"老人说:"我并没有什么事情要你帮忙,只是想送给你品尝品尝。"

老人将葡萄送给一位美丽的女邻居,可她的丈夫一脸的警惕,分明不喜欢老人的到来。

老人将葡萄送给一个过路者,过路者十分迷惑和害怕地反问:"我并不认识你,你为什么要送葡萄给我?是不是有毒的?"不论老人怎样费尽唇舌解释,过路者都不相信。

最后,老人将葡萄送给一个天真烂漫的小女孩儿,小女孩儿品尝后十分高兴地称赞:"好甜呀!这是我吃过的最甜的葡萄。"

听着小女孩发自内心的赞赏,老人脸上露出了幸福的笑容。

当别人对自己好的时候,我们往往会将问题想得复杂,认为别人不会无事献殷勤,认为别人必定心怀不轨或有事相求。但事实上,人与人之间的关系很简单,有时候,别人对你好,只是希望你能与他一起分享一种快乐的心情而已。

大道理 不要把人心想得太复杂,时时刻刻充满戒备。对于别人的馈赠,有时候,你只要像故事里的小姑娘那样,拥有一颗感恩的心,发自内心地赞美一声,就足够了。

拐　杖

小时候父亲曾让我猜过一个谜语,他说:"生出来四条腿,长大了两条腿,老了三条腿。"见我怎么也猜不出来,父亲便哈哈大笑地告诉我:"那是人啊!"这笑声至今还在我耳边回荡,可父亲却已挂上了拐杖。

我写信给兄弟姐妹,告诉他们说:"年迈的父亲走路需要拐杖了。"不知是我没写清楚还是他们没读懂,每人都邮来一根拐杖。

母亲过世早,父亲又当爹又当妈担起双重的责任,省吃俭用,含辛茹苦,把爱心全部倾注到自己的儿女身上,儿女们长大了,父亲也老了。

为了生计我东奔西走,何曾注意过父亲的心情?父亲常走进我的房间,在我身边静静坐一会儿,之后又回到自己的睡屋,里面传出电视机反反复复的开关声。

那一天,我问父亲是不是生病了,他含着泪说:"你就是再忙,也该与我说说话……哪怕一小时……"父亲的话令我惶恐。我捧起父亲那双日渐枯槁、布满青筋的手失声痛哭,那曾经是一双多么有力的手啊!而今,拐杖限制了他的自由,水泥墙使他脆弱孤单。

我要让年迈的父亲得到儿子时时送来的温暖。

傍晚我扶着父亲去河边散步,仰望星空,脚踩松软的泥土,呼吸花卉的芳香,凝视流逝的河水。我把心中的喧嚣沉淀下来,留一片宁静和真情去陪伴步履蹒跚的父亲。"我要永远陪伴你。"我对父亲说。"不要这么讲,孩子……"父亲又落泪了。不过,我知道,这次父亲的泪水是甜的。我写信给兄弟姐妹,告诉他们:"不要再寄拐杖了,父亲身边有我。"

大道理 孝敬并非一定是物质和金钱的给予,老人最害怕的往往是孤独。找点儿空闲,抽点儿时间,陪父母散散步,聊聊天,别让孤独侵蚀他们的内心。

半瓶香油

故事发生在1993年,那时离春节只有一个月的时间。从香港海关到内地的人特别多,因此工作人员也格外忙碌。

一位老人吸引了他们的目光。他衣着朴素,随身仅带着一个简易的旅行包,然而令人不解的是,他的左手里提着一个瓶子,瓶子里有半瓶黄澄澄的液体。

一位工作人员按捺不住好奇心,问他道:"这位先生,您的瓶子里装的是什么呀?"

老人淡淡地说:"香油。"

这时,所有在场的人都感到不可思议,这位老人千里迢迢地赶往大陆,竟带着半瓶香油。"您这是为什么呢?"另一位女士终于忍不住问道。

老人的脸上浮出了凄楚的神色,缓缓地说:"这是我母亲要我买的。44年前的一个中午,母亲正在做饭,饭马上就要做好了,却发现家中没有了香油。她拿出一些零钱来,让我到不远处的一家商铺去打半斤香油,临走时,她还说:'孩子,你跑得快一点儿,娘马上就把饭做好了,别耽误吃饭。'"

这时,泪从老人的眼角流出来,他接着说:"我刚走出家门,就碰到了一群穿军装的人,他们用枪逼着我,让我帮他们拉大炮。后来,为了活命,我跟着他们一起打仗。再后来,我随着军队到了台湾……这几十年,我得不到家中的一点儿消息。直到3年前,我才和家乡的亲人联系上。他们说,我母亲在我走了之后就疯了,见人就说等我打香油回家……"

老人的故事讲完了。所有的人都安静地听着,眼中泛起了闪烁的泪花。

大道理 对于老母亲44年的期待与牵挂,能用什么来回报呢?金钱和优越的生活环境都不是她最想要的,出去买香油的儿子早日回家才是对母亲最好的感恩与报答。

打　工

小蕾是一个懂事的孩子,有一双明亮的大眼睛,擅长写作、书法,颇有几分才气。妈妈希望她考上一所名牌大学,将来有一份好的工作。他们一家三口住在一个陈旧街区的不足40平方米的屋子里,父母很早就已经下岗。10年来家里没有添置一件家电,一台老式的日立彩电由于少了一种原色,仿佛是在讲述另类人生。

为了凑足女儿大学的学费,年近50的父亲做着两份兼职。

小蕾淳朴、善良,而又像很多女生一样,她对理科有着天生的愚钝。让我尤其担心的是,她常常在我讲课时思绪飘飞。

"你这样下去,谁也帮不了你。"我有点儿生气。

"老师,求你给我妈说说吧,我不想考大学了。"

"什么?"我几乎不相信自己的耳朵,"你是个懂事的孩子,你这样对得起你父母吗?"

"我不要考大学,我要去打工。前几天妈妈胃病又犯了,可是她就是不肯住院治疗,我看见医院的病危通知书了……老师,我好害怕!"小蕾瘦弱的肩头随着哭泣而抽搐着,生活的艰辛使得她透出几分早熟。

长期的操劳使小蕾的母亲患有严重的胃病,事实上这是医院第三次向她发出病危通知了,每次稍有好转,她就坚持出院。然后,她又会带着微笑奔波在家和工作单位之间。"你要答应为我的病情保密,孩子还小……"她对我说。

在回家的路上,我又想起这一家三口艰辛而又快乐的日子:父亲仿佛是房屋的脊梁,母亲就是那包裹房屋的墙,而女儿则是窗口透进的亮光,有了她整个屋子才有了生机,有了希望。这是这个家庭能相濡以沫维系生存的全部秘密。

大道理 人生真正的幸福和欢乐浸透在亲密无间的家庭关系中。知书达理的孩子,勤劳善良的父母,这才是幸福家庭的要旨。

第六辑　心灵

没有闭锁的心灵，最容易飞出纯情的歌，也最容易捧出富于魅力的精品。

别致的医药费

一天，一个贫穷的小男孩为了攒够学费正挨家挨户地推销商品，劳累了一整天的他此时感到十分饥饿，但摸遍全身，却只有一角钱。怎么办呢?他决定向下一户人家讨口饭吃。当一位美丽的年轻女子打开房门的时候，这个小男孩却有点不知所措了，他没有要饭，只乞求给他一口水喝。这位女子看到他很饥饿的样子，就拿了一大杯牛奶给他。男孩慢慢地喝完牛奶，问道："我应该付多少钱?"年轻女子回答道："一分钱也不用付。妈妈教导我们，施以爱心，不图回报。"男孩说："那么，就请接受我由衷的感谢吧!"说完男孩离开了这户人家。此时，他不仅感到自己浑身是劲儿，而且还看到上帝正朝他点头微笑，那种男子汉的豪气像山洪一样迸发出来。

其实，男孩本来是打算退学的。

数年之后，那位年轻女子得了一种罕见的重病，当地的医生对此束手无策。最后，她被转到大城市医治，请专家会诊。而当年的那个小男孩如今已是大名鼎鼎的霍华德·凯利医生了,他也参与了医治方案的制定。当看到病历上所写的病人的来历时,一个奇怪的念头瞬间闪过他的脑际,他马上起身直奔病房。

来到病房,凯利医生一眼就认出床上躺着的病人就是那位曾帮助过他的恩人。他回到自己的办公室,决心一定要竭尽所能来治好恩人的病。从那天起,他就特别地关照这个病人。经过艰辛努力,手术成功了。凯利医生要求把医药费通知单送到他那里,在通知单的旁边,他签了字。

当医药费通知单送到这位特殊的病人的手中时,她不敢看,因为她确信,治病的费用将会花去她的全部家当。最后,她还是鼓起勇气,翻开了医药费通知单,旁边的那行小字引起了她的注意,她不禁轻声读了出来:

"医药费——一满杯牛奶。霍华德·凯利医生。"

大道理 在别人需要帮助时,请伸出你的援助之手。热心帮助别人,你才可能在自己有需要的时候,得到别人的帮助。

好　人

比尔10岁那年,妈妈死了;接着,爸爸也死了,留下了7个孤儿——5个男孩2个女孩。一个穷亲戚收留了比尔,其他几个则进了孤儿院。

此后,比尔靠卖报养活自己。那年月,报童有菜园里的蚂蚁那么多,瘦小个子的比尔不仅不容易争到地盘,而且还常常挨拳头,吃尽了苦头。

那是一个暮春的下午，一辆电车拐过街角停下，比尔迎上去透过车窗卖了几份报。车正在启动的时候，一个胖男子站在车尾踏板上说：

"卖报的，两份！"

比尔迎上前去递上两份报。然而车竟开动了，只见那胖男子手中举着一角硬币只顾傻笑。比尔追着说：

"先生，给钱。"

"你跳上踏板，我给一毛。"他说着，将那枚硬币在两个手掌心搓着。

车子越来越快。比尔把一袋报纸从腋下转到肩上，纵身一跃想跨上踏板，却一脚踏空仰天摔倒了。他正要爬起来，后边一辆马车"吱"的一声擦着他停下。

车上一个拿着一束玫瑰花的妇人，眼里噙着泪花，冲着电车骂粗话："这该死的灭绝人性的东西，宰了他！"然后又俯身对比尔说："孩子，我都看见了。你在这儿等着，我就回来。"随即对马车夫说："马克，追上去，宰了他！"

比尔爬起来，擦干眼泪，认出拿玫瑰的妇人就是电影海报上画着的大明星梅欧文小姐。

十来分钟后，马车转回来了，女明星招呼比尔上了车，对马车夫说："马克，给他讲讲你都干了些什么。"

"我一把揪住那家伙，"马克咬牙说，"左右开弓把他两眼揍了个乌青，又往他太阳穴补了一拳。报钱也追回来了。"说着，把一枚硬币放在比尔的手中。

"孩子，你听我说。"梅欧文对比尔说，"你千万不要认为碰到这种坏蛋就把人都看坏了。世上坏蛋是不少，但大多数都是好人——像你，像我，我们都是好人，是不是？"

好多年后,比尔又一次品味马克痛快的描述时,猛然怀疑起来:只那么一会儿工夫,他来得及追上那家伙吗?

不错,马车甚至连电车的影子也没追着,它在前面街角拐了个弯就掉过头,便又径直向孩子赶来,向一颗受了伤充满恨的心赶来。而马克那想象力丰富的虚假描述,倒也真不失为一剂安慰弱小心灵的良药,让小比尔觉得人间还有正义,还有爱。

大道理 用善良的行动去抚慰一颗受伤的心灵,即使耍一些小花招,这种行为也是高尚和值得肯定的。

良 心 如 枕

午后,倚于床头闲翻杂志,看到"清白的良心是一个温柔的枕头"这样一个句子,就随手记在纸上,细细品味。这句话让我想起一件事。

这件事是发生在我母亲身上的。一个夏天的晚上,我们在院中乘凉。从我家门缝跑进一只兔子,赶之不去。母亲说:"天这么晚了,让兔子往哪儿去呢?弄不好会让什么给吃了。先留它一夜吧,明早谁吆喝,再还给谁。"

我就找出一个笼子把兔子安置下来。

到了第二天,并没有人吆喝少了兔子,又过了好多天,还是没人找。兔子在我家一天天地住下来,母亲却日益感到不安。

"瓜田不纳履,李下不正冠"的古训,母亲不懂也没听说过,但却凭着做人不能坏良心的本能而奉行并教导我们一生也要这样严谨地做人,所以一只误闯入我家的兔子成为母亲的心事也不足为怪了。

她的不安在一天晚饭后再次流露出来。那晚她一边给兔子喂青草,一边说:"我怎么老觉得眼皮跳,耳根发热?兔子,你说是养你还是放了你?"兔子只顾埋头津津有味地吃草。

母亲叹了口气,从父亲的皮夹里抽出两块钱走了出去。

过了一会儿,她回来了,解脱般地说:"我把两块钱丢在西边的大路口了。随便谁捡了去,就当赎这只兔子了,省得晚上睡觉也不踏实。"

也许这件小事在一些人看来觉得不可思议,甚至带着迂腐的天真,但我相信另有一些人会表示理解并有同感。生而为人,总与一些事相连。有些事情,或许不为人所知,但躲不过良心的审视,尤其当午夜梦回时,那是良心靠灵魂最近的时刻。

大道理 的确,清白的良心是一个温柔的枕头,枕着这个温柔的枕头,我们就可以安然入眠,就不会受到良心的煎熬。

月　　饼

那年的中秋节,10岁的小韦住在城里一家医院的免费病房里,准备第二天进行整形外科手术。他知道以后的12个月里不能外出,要忍受疼痛,等待伤口复原。他的父亲已经过世,相依为命的母亲和他住在一间小公寓里,接受社会福利救济。然而,母亲今天却不能来看他。

小韦觉得十分孤单。绝望和恐惧填满心田。他也知道母亲此刻一个人在家,没有人陪她一起吃饭,甚至没有钱买一块像样的月饼。

泪水溢满小韦的眼眶,他把头埋在枕头上,尽量不让自己哭出声来。但他实在太伤心了,因此哭得整个身体都颤动不已。

有位年轻的实习护士听到他抽泣的声音,急忙跑过来,擦去小韦脸上的泪水。然后她告诉小韦:"我今天得留在医院工作,不能和家人在一起,所以也感到很孤单。你愿不愿意和我一起吃月饼?"

随后,护士拿来两块月饼,两人一起吃月饼聊天,一直到下午4点换班的时候才离开。晚上11点钟的时候,她又来到病房,陪小韦赏月、聊天,直到小韦睡下了才离开。

这件事虽然已过去了好多年,可那位护士的音容笑貌至今还铭刻在小韦的心中,只要想起她,小韦就会感到一种深切的温情和关怀。

大道理 表示对别人的关爱并不需要付出太多,有时几句随意的闲聊就能够慰藉一颗孤寂的心灵。当身边有人陷入孤独时,记得陪他聊聊天。

大　树

很小的时候,我和一群淘气的小伙伴在我家庭院的一棵梧桐树干里,嵌进了一个鸡蛋大小的石块。没想到两个多月后,我们再去取那个石块时,费尽九牛二虎之力,却怎么也取不出来了。

没办法,就只好眼睁睁地看着那个石块长在那棵梧桐树的树干里。后来,石头裸露的部分越来越少了。几年后,那块石头竟被完全裹在了梧桐树靛青色的树干里。站在树下,已经一点儿也看不到石头的踪影了。而且,包裹起石头的那一段梧桐树皮,明净、光滑、完好如初,一丁点儿的伤痕都没有。我高兴地跟祖父说:"那块石头一点也没影响这棵梧桐树的生长。"

祖父摇着头叹息说:"伤疤结在树心里了。总有一天,这个伤疤会毁掉这棵树的。"我一点儿也不相信祖父的话。看着那棵梧桐树那么茂盛地成长,看着它一年一年变得粗壮、高大起来,我根本不觉得那一个石块能毁掉一棵那么粗壮的树。

十多年后的一天夜里,刮起了大风。

第二天早晨,我诧异地发现院子里的那棵梧桐树被风刮断了,断树把树旁边的柴屋都砸塌了。我大吃一惊:一棵那么粗的树,怎么会被一场大风吹断了呢?

我仔细一看才发现,那棵梧桐折断的地方,正是我们嵌进石块的地方。在白森森的断裂处,那块石头若隐若现地裸露着。

父亲叹息说:"如果这伤只是在树皮上,那倒没什么,但可惜的是它伤在树心里。"

大道理 表面的伤口是容易愈合的;而内心的伤害却是无法抹平的,总是会留下后患的。所以请不要轻易伤害别人的心灵。

摩 尔 小 姐

一天早晨,纽约城一家公寓的大门缓缓打开,一根手杖颤巍巍地伸到门外,随后走出一个步履蹒跚、满头白发的老太婆,看上去足有85岁高龄了。

生活中这种情形也许早已是司空见惯,但这个老态龙钟的外表里,裹着的却是一个丰满的、充满青春活力的身躯,一颗26岁的心在这个躯体中跳动!

帕特·摩尔小姐是一个工业产品设计师,她对出现在老年人用具中的某些特殊问题非常关心。她想对老年人知道得更多更具体些,因此把自己"变"成85岁的老太婆。"变老"过程整整花费了她4个小时的时间。

这一天,她的目的地是俄亥俄州的哥伦布斯。出了家门,摩尔准备招呼一辆出租汽车到机场。空"的士"一辆接一辆地掠过,可司机都只当没看见这个"老太婆"似的。莫不是他们认为老年妇女不会给优厚的小费?

到哥伦布斯出席会议的几乎都是年轻的专业研究人员,大会所有的论题都是研究老年人问题。然而不可思议的是,与会者似乎根本没有感觉到他们中间就有一位老人的存在,摩尔像是被人遗忘了。休会时,一个青年男子给小姐们送来了咖啡。摩尔暗自想:我呢?假如我是个姑娘,他一定也会给我送咖啡的。一天的会议结束了。摩尔憋了一肚子气。这是26岁的姑娘以往从未体验过的。

又一天,一个温顺胆小、衣着邋遢的老妇女——摩尔,走进一家药店买胃药。店主向后一指:"后边底架上,自个儿瞧吧!"摩尔看了半天,哆哆嗦嗦地请求他:"请您帮我读一下用法说明好吗?"店主一脸愠色,飞快地念了一遍,然后用尖刻的语调说:"OK,听明白了吗?!"

次日清晨,26岁的充满自信、苗条秀丽的摩尔又走进了这家药店。"早上好,小姐!"店主满脸堆笑,"我能帮您什么忙吗?"摩尔一字不差地重复了昨日"老女人"的问话。店主可爱地微笑着,陪着摩尔走到药架边,弯腰拿起一瓶胃药,详细地把用法说明、产地和价格都讲解了一遍。收钱后,还祝愿摩尔早日恢复健康。

离开了药店,摩尔体会到了老年人通常具有的防御心理。摩尔年轻的心震颤、哭泣了——为老年妇女的遭遇!

大道理 "家有一老，如有一宝"。老年人为社会贡献了他们的青春，我们本来应该对他们关怀备至，为什么反而"另眼相看"呢？

"毒" 泥 丸

一位年轻的村妇和她的婆婆关系非常不好。她觉得婆婆一直在和她作对，处处为难她。她心里总是想着如何对付她的婆婆。

一天，年轻的村妇来到一家医院，问一位很有名气的女医生："医生，有什么秘方可以毒死我的婆婆吗？我受不了她的虐待了。"

女医生听了，没有阻止她，笑着说："我给你开一剂'酸泥丸'，你可以在每天吃饭之前拿出一颗给她吃。只是每次给她吃'酸泥丸'的时候，你要故意装作很孝顺的样子伺候她，让她不起疑心。三个月后，你的婆婆就会有所变化，那时你来我这儿，我再给你加重药的剂量，到第 100 日，必有效果。"

年轻的村妇听了，高高兴兴地拿着医生开给她的药回去给她的婆婆吃了。三个月后，她再次来到女医生的面前说："医生，我不想毒死我的婆婆了。"

女医生问她："你为什么改变主意了呢？""自从我听了你的话，每天吃饭前尽心伺候她吃下一颗'酸泥丸'以后，婆婆突然改变了对我的态度，变得对我非常和善，而且抢着做家务，让我多休息，像我的母亲一样关怀我。所以我要救我婆婆。"村妇说着，脸上流下泪来。她带着哭腔说："医生，你快给我开一剂解毒的药。你救救她吧！"

慈祥的医生听完村妇的话，开怀大笑着说："我知道你会来的。你放心好了，你的婆婆不会死的。'酸泥丸'其实是一道可口的点心。因为你经常面带笑容给婆婆吃'酸泥丸',婆婆感觉到了你对她的孝顺,从而改变了对你的态度,并开始善待你。"

大道理 人对人的态度都是相互的,你对别人恶狠狠,别人当然不会对你笑脸相迎。要知道,你想要别人怎样对你,首先应该学会怎样对别人。

失明的指挥

有一支乐队每个星期天的下午在鲁姆勒公园举行音乐演奏会。如果天气好,几乎每次演奏会的听众中都有我,因为我觉得那实在是消磨时光的好办法,况且他们演奏的很多是我喜爱的曲子,其中有些曲子你还可以和上俏皮的口哨,何乐而不为呢?

有一次,观众中多了一个双目失明的女孩儿,她坐在观众席的最前面,她面前站着的就是乐队指挥。从外表上看,她最多不过14岁。她静静地坐着,直到乐队奏起从来没在这儿奏过的《蓝色多瑙河》。我想这支曲子好像有一种神奇的魔力,因为刚刚演奏了几小段,那失明的女孩儿就站了起来,和着音乐的节拍,手臂跟乐队指挥的指挥棒一起挥舞了起来。

一会儿,越来越多的人把目光从乐队指挥身上转到了失明的女孩儿身上。显然,指挥也意识到了身边发生的事。他是一个非常明智的人,当我取下帽子向他示意时,他慢慢离开他的位置向旁边走去,以便让乐队能更清楚地看到女孩儿的指挥。当然,乐队队员对曲子很熟,演技也是娴熟的,绝对出不了什么差错。然而失明的女孩儿指挥得很自然,很流利,掌握音量的高低柔亢一点儿也不比乐队指挥差。说实话,从那以后,我再也没听到比这次演奏得更好的《蓝色多瑙河》了。

当音乐结束的时候,听众中爆发出了雷鸣般的掌声,我想,城镇另一边的人也一定听到了。当女孩儿在我身边坐下的时候,我看见两行泪珠从她的脸上滚了下来。

我敢说,那天,绝不只失明的女孩儿一个人哭了。

大 道 理 双目失明的小女孩儿和正常人一样能够欣赏优美的音乐,一样能够感受世界的美好。或许她比我们感受得更深刻、更真切,因为她是用心灵的眼睛在看,用心灵的耳朵在听。

心底的眼睛

那时是 1966 年的 8 月。那时我还是个 27 岁的青年,在大学里教书。可是我却不明不白地成了"反革命分子"。

一天中午,太阳正毒。我蹲在校园的铁栏墙边拔草,铁栏外,是一条通往近郊农村的小道。小道上有来来往往的行人。骑车的,步行的,凡看到我们这些拔草者,都会停下来,或者默默地看一阵,或者低声地议论一番。

不知道什么时候,在铁栏外站了一群小学生。他们是去参加义务劳动,还是劳动归来,我说不清。他们站在铁栏外,指手画脚地议论我们,用最纯净的心诅咒我们,还有几个男孩子用土块、小石头砸我们。

我不能违犯"纪律"离开铁栏杆。我只有忍受那诅咒、那石块,我觉得整个世界都坍了,四周是一片黑暗。假如连纯洁的孩子都疯狂了,生活还有什么希望啊!

就在这时候，一个轻轻的、甜甜的声音在我耳边响起："叔叔!"

我抬起头，见一个十二三岁的小姑娘站在铁栏外正面对着我。她乌黑的短发下有一双明澈的眼睛，清秀的脸颊上滴着汗水，手里捏着两根冰棍儿。

"叔叔，给!"她把一根冰棍儿从铁栏外伸过来，两只眼睛里全是真诚和期待。

周围的孩子们哄地发出一片嘲笑声，可她连头也不回，只是伸着那只拿冰棍儿的手，期待地望着我。

小姑娘凝望着我，给我以鼓励和安慰。我终于忍不住伸过头去，咬了一口那冰凉、甘甜的冰棍儿。然后，伸出脏手，捏住那冰棍儿，把它递给一位老教授。那老教授也颤抖着手接过这孩子最珍贵的赠与。

啊，你这清秀的小姑娘，你的姓名我不曾知道，但是你的爱心，你的正直，你的清澈的眼睛给了我希望，给了我力量，使我度过了那疯狂、颠倒的岁月。你的那双眼睛永远留在我心底，它将伴随我走完生命的路程。

大 道 理 一根冰棍儿能温暖人的心灵；一双眼睛能激励人继续前行。在困苦的岁月里，一颗真诚的心灵可以伴随我们冲破黑暗走向光明。

太阳伞下

曾去过一个新兴城市，那里高楼林立，规划整齐，街面十分清洁，城市出奇地干净，四处涌动着现代文明的鲜活气息。市中心街边上撑着一把绿色的太阳伞，一个30多岁的女人坐在伞下面。

　　两年前,一对母女走在这条街上,年轻的母亲不是很美丽,但她娴雅的气质和幸福的微笑很吸引人。她的小女儿,3周岁的样子,穿着白纱裙,扎着蝴蝶结,像个天使一样。忽然,她们停了下来,原来女孩儿把吃完的冰淇淋包装纸扔在了地上。女儿在妈妈的劝说下把包装纸捡了起来,她们开始四处张望,寻找垃圾箱——现在的垃圾箱很多,隔几步就有一个,但那时候很少。小女孩儿终于发现马路对面有一个,母亲犹豫了一下,示意女儿去扔垃圾。

　　小女孩儿拿着包装纸,蹦跳着穿过马路。突然,一辆小轿车像幽灵一样疾驰而来,一阵急促的刹车声中,小女孩儿飞了起来,然后倒在一片血泊里……

　　女儿死后,年轻的母亲疯了。她天天在这条街上捡废纸、捡树叶,然后扔到垃圾箱里去,后来人们都知道了,都不再乱扔垃圾,还帮她捡拾。她捡不到垃圾了,就坐在那儿。这座城市里的人都认识她,市长为她特别安置了椅子和遮阳伞,每天都有人自发组织起来,照顾她的生活;这里的每一个垃圾箱上都镶嵌着小女孩儿的照片,人们都不忍心往里面扔垃圾。人们都很感谢这对母女,是她们使这座城市干净起来的。

　　大道理　女孩儿是这座城市的清洁天使,她飞翔在城市的上空,飞翔在每一个人的心里。女孩儿的母亲,也是这座城市的清洁天使,她用自己美好的心灵感化着人们。

味　道

　　初尝鸡蛋酱是到离家20多里的县城上初中那年。因为离家远,中午只能带饭,我的同桌阿伟家住县城,一天执意拉我去她家吃饭。记得那时的阿伟妈在我眼里像个女干部,齐耳短发,看起来比我妈妈年轻多了,但她态度很冷,这使我很不安。吃饭时,阿伟一家4口人和我围坐在饭桌前,饭菜虽然简便,但对于当时的我来讲却是绝对的丰盛。别的菜已不记得了,而对于饭桌中间的那碗鸡蛋酱却记忆犹新。长到13岁我好像头一次吃过那么香的鸡蛋酱,鸡蛋一小块一小块掺在酱里,闻着就有一种特殊的香味,别说吃了,看着阿伟和她妹妹不断地去夹鸡蛋酱,我也忍不住把筷子总往酱碗里伸。这时,没想到的事发生了,我夹的一块鸡蛋酱不小心掉在了桌子上,虽然没人说什么,但用眼睛的余光我分明看见了阿伟妈鄙视的眼神,我顿时不知所措,筷子慢慢收回来,再没敢去夹鸡蛋酱,剩下的饭不知是怎么吃完的。

我想如果没有夹掉鸡蛋酱的小插曲,那的确是一顿不错的午餐。记得很长一段时间,想起鸡蛋酱我就暗暗发誓:不就是一碗鸡蛋酱嘛,有什么了不起,将来我一定要天天吃鸡蛋酱。

许多年过去了,如今的我已过上了比较富足的生活,对于鸡蛋酱的辛酸记忆早已淡然,而我尝试过各种鸡蛋酱的做法,无论怎么做,总觉得鸡蛋酱里有一种说不出的又咸又苦的味道,始终找不到当年那碗鸡蛋酱的余香……

大 道 理 不要轻易去伤害一个人的自尊,尤其是一个未成年的孩子,也许你不经意的一句话,一个蔑视的眼神,会成为他心灵上永久的疤痕。

第七辑　欢乐

生活需要伴侣，快乐和痛苦都要有人分享。没有人分享的人生，无论面对的是快乐还是痛苦，都是一种惩罚。

感受幸福

有一个人，他生前善良，热心助人，死后，他升上天堂做了天使。他当了天使之后，仍然常常到凡间帮助人，希望能享受到幸福的味道。

一天，他遇见一个农夫，农夫的样子看上去非常地苦恼，他向天使诉说自己心中的苦衷："我家那头大水牛刚死了，它可是我家仅有的财产。没它帮忙犁田，我怎么种地呀？"

于是天使赐他一头健壮的水牛，农夫很高兴，天使在他的身上感受到幸福的味道。

天使到处飞翔，寻找能够体会幸福的滋味。一天，他遇见一个潦倒的妇人，妇人非常沮丧，她向天使诉说自己的遭遇："我的钱被骗子骗光了，回乡路还很远，没有了钱，我会被饿死的。"于是天使给她银两做路费，妇人很高兴，天使在她身上感受到了幸福的味道。

时隔多日,他在路上遇见一个才华横溢而且富有的诗人。诗人的妻子漂亮而温柔,但他却觉得自己过得不快活。天使问他:"你不快乐吗?我能帮你吗?"诗人对天使说:"我什么都有,我的生活中只少了一样东西,你能够给我吗?"天使回答说:"可以。你要什么我都可以满足你。"诗人的眼睛直盯着天使:"我想要的是幸福。"这下子可把天使难倒了,他想了想,说:"我明白了。"

于是天使带走了诗人的才华,毁去他的容貌,散尽他的财产,带走他妻子的性命。天使一声不响地做完这些事后,便离去了。

一个月后,天使再回到诗人的身边。诗人饿得奄奄一息,衣衫褴褛地躺在路边挣扎。看着诗人穷困潦倒的样子,天使又把他的一切还给了他。

半个月后,天使再去看诗人。诗人恢复了往日的风貌,他深深地感谢天使让他体会到什么是幸福。因为,他尝到了幸福甜美的味道。

大道理 幸福不是整天向往自己遥不可及的东西,而是珍惜眼前的所有,这就是幸福的味道。能感受幸福的人,就会让自己的生活更加美好。

三根树枝

一个年轻男人承受了极大的痛苦想要自杀。入夜后,他极度哀伤地带了根绳子走到屋后树林里想上吊。

当他把一根绳子绑在树枝上后,树枝竟然说话了:

"亲爱的年轻人哪!别在我身上吊死吧,有一对小鸟正在我的枝头上筑巢呢!我很高兴能保护它们。如果你在我身上上吊,我就会折断，鸟巢也就保不住了。请你谅解我，并且也可怜那对小鸟吧。"

年轻人听了，体谅了它的爱心，就放弃了这根树枝，爬到更高的另一根树枝上。可是当他把绳子绑上去时，这树枝也说话了：

"年轻人，请你谅解我吧! 春天就要到了，不久之后我就要开花，成群的蜜蜂会飞来嬉戏、采蜜，这带给我极大的快乐。如果你在我身上上吊，我就会被你折弯到地上，花朵就被摧残而死，那么蜜蜂们会非常失望的。"

年轻人听了，只好默默地攀上了第三根树枝。

"原谅我吧!"他还没绑绳子，树枝就开口了。"年轻的朋友啊! 我把自己远远地伸到路上，目的就是要使疲惫的旅行者在我的底下得到一些荫凉，这带给我很大的快乐。如果你吊在我身上，会使我折断，以后我就再也不可能享受这种快乐了。"

这时，年轻的厌世者沉思了一会，便问自己："我为什么要自杀? 只因为我承受痛苦吗? 难道我不能学学这些树枝，用我的生命去帮助别人，为别人服务吗?"一念之间，他把焦点由自己身上转向了无数他所熟识的需要帮助的人身上。

他从这三根对他说话的树枝上各折下了一小段细枝，爬下了树，快快乐乐地离开了。

他一直保存着这三根小树枝，也终身谨记着这三根树枝的精神，真诚地帮助别人，当然他再也没有过自杀的念头。

大道理 如果我们总把目光放在自己身上，只在意自己受了什么伤害、委屈，承受了多少重担、压力，结果只会让人愈来愈缺乏活力，愈来愈萎靡不振。

上帝的失误

有一天,上帝创造了三个人。他问第一个人:"到了人世间你准备怎样度过自己的一生?"第一个人想了想,回答说:"我要充分利用生命去创造。"

上帝又问第二个人:"到了人世间,你准备怎样度过你的一生?"第二个人想了想,回答说:"我要充分利用生命去享受。"

上帝又问第三个人:"到了人世间,你准备怎样度过你的一生?"第三个人想了想,回答说:"我既要创造人生又要享受人生。"

上帝给第一个人打了50分,给第二个人打了50分,给第三个人打了100分,他认为第三个人才是最完美的人,他甚至决定多生产一些"第三个人"这样的人。

第一个人来到人世间,表现出了不平常的奉献感和拯救感。他为许许多多的人做出了许许多多的贡献。对自己帮助过的人,他从无所求。他为真理而奋斗,屡遭误解也毫无怨言。慢慢地,他成了德高望重的人,他的善行被人广为传颂,他的名字被人们默默敬仰。他离开人间,所有人都依依不舍,人们从四面八方赶来为他送行。直至若干年后,他还一直被人们深深怀念着。

第二个人来到人世间,表现出了不平常的占有欲和破坏欲。为了达到目的他不择手段,甚至无恶不作。慢慢地,他拥有了无数的财富,生活奢华,一掷千金,妻妾成群。后来,他因作恶太多而得到了应有的惩罚。正义之剑把他驱逐出人间的时候,他得到的是鄙视和唾骂。若干年后,他还一直被人们深深痛恨着。

第三个人来到人世间,没有任何不平常的表现。他建立了自己的家庭,过着忙碌而充实的生活。若干年后,没有人记得他的生存。

人类为第一个人打了100分,为第二个人打了0分,为第三个人打了50分。这个分数,才是他们的最终得分。

大道理 只图享受,不知创造,这样的人生绝不是幸福的人生。樱桃好吃树难栽,幸福不会从天降。不洒汗水,哪有甘甜?

快乐的富翁

一位英年早逝的富商临终前,对他4个未成年的儿子说,你们去给我捉几只蜻蜓来吧,我许多年没见过蜻蜓了。

不一会儿,大儿子就带了一只蜻蜓回来。富商问:"怎么这么快就捉了一只?"大儿子回答:"我用你给我的遥控赛车换的。"

又过了一会儿,二儿子也回来了,他带来两只蜻蜓。富商问:你怎么这么快就捉了两只蜻蜓回来?"二儿子回答:"我把你送给我的遥控赛车3元钱卖给了一位小朋友,我用2元钱买了两只。还剩1元钱呢。"

不久老三也回来了,他带来了10只蜻蜓。富商问:"你怎么捉那么多的蜻蜓?"三儿子回答:"我把你送给我的遥控赛车在广场上租给其他小朋友玩,愿玩的给我一只蜻蜓就可以玩一天,不一会儿我就收到了10个小朋友的蜻蜓。"

最后回来的是老四。他满头大汗,两手空空,衣服上沾满了尘土。富商问:"孩子,你怎么搞的?"四儿子回答:"我捉了半天,也没捉到一只,就在地上玩赛车,希望我的赛车能撞上一只蜻蜓呢!结果运气差,没有碰到。"

富商笑了,笑得满眼是泪,他摸着四儿子挂满汗珠的脸蛋,把他搂在了怀里。第二天,富商死了,儿子们在他的床头发现一张小纸条,上面写着富翁的良苦用心:孩子,我并不需要蜻蜓,我是希望你们今后积极寻找人生的快乐,正如你们捉蜻蜓时的那种乐趣。

大道理 人生在世,究竟是为了什么?有人说是升官,有人说是发财。其实,快乐才是人生最终的目的。与其因为欲望得不到满足而苦闷,还不如积极寻找一点儿快乐。

另类幸福

一艘货轮在烟波浩淼的大西洋上行驶。一个在船尾搞勤杂的黑人小孩不慎掉进了波涛滚滚的大西洋。孩子大喊救命,无奈风大浪急,船上的人谁也没有听见,他眼睁睁地看着货轮拖着浪花越驶越远……

求生的本能使孩子在冷冰的水里拼命地游,他用全身的力气挥动着瘦小的双臂,努力将头伸出水面,睁大眼睛盯着轮船远去的方向。船越来越远,船身越来越小,到后来,什么都看不见了,只剩下一望无际的汪洋。孩子的力气也快用完了,实在游不动了,他觉得自己要沉下去了。

放弃吧,他对自己说。

这时候,他想起了老船长那张慈祥的脸和友善的眼神。不,船长知道我掉进海里后,一定会来救我的!想到这里,孩子鼓足勇气用生命的最后力量又朝前游去……

船长终于发现那黑人孩子失踪了,当他断定孩子是掉进海里后,下令返航回去找。

这时,有人规劝:"这么长时间了,就是没有被淹死,也让鲨鱼吃了……"

船长犹豫了一下,还是决定回去找。

又有人说:"为一个黑人孩子,值得吗?"

船长大喝一声:"住嘴!"

终于,在那孩子就要沉下去的最后一刻,船长赶到了,救起了孩子。

当孩子苏醒过来之后,跪在地上感谢船长的救命之恩时,船长扶起孩子问:"孩子,你怎么能坚持这么长时间?"

孩子回答:"我知道您会来救我的,一定会的!"

"怎么知道我一定会来救你呢?"

"因为我知道您是那样的人!"

听到这里,白发苍苍的船长"扑通"一声跪在黑人孩子面前,泪流满面:"孩子,不是我救了你,而是你救了我啊!我为我在那一刻的犹豫而耻辱……"

大道理 被他人相信也是一种幸福。他人在绝望时想起你,相信你一定会伸出援手,还有比这种信任更令人骄傲的肯定吗?

不同视角

一个富有的银行家脾气非常暴躁,对周围的一切都看不惯,感到生活没乐趣。一天,他听说附近住着一位大学士,生活简单而幸福。银行家便去访问学者,希望从他那里找到快乐的秘诀。

银行家自恃有钱，态度骄横，一进大学士家的门就不停地抱怨妻子不够体贴，孩子不够尊重自己，员工不感激自己，说自己如何富有，如何劳苦功高。

学者早就看出他不快乐的原因，正苦于没有适当的方式向他说明这个简单的道理。突然，窗外传来儿童的欢笑声，学者灵机一动，想出一个好办法。他拉着银行家来到客厅窗前，问："透过窗户你看到了什么？"

"我看见男人、女人和几个小孩。那些孩子在玩耍……"银行家说。

"很好。"学者又拉着他走到客厅的一面镜子前，问道："告诉我，你在镜子里看到了什么？"

"当然是我自己了！"银行家不耐烦地回答。

"有意思。"学者意味深长地说，"窗户是玻璃做的，镜子也是玻璃做的，唯一的区别是镜子的玻璃上加了薄薄一层银。可仅仅因为多了这一丁点儿钱，人们却再也看不到别人，只能看到自己了。"

大道理 有时候金钱会蒙蔽我们的双眼，使我们看不到生活中的真、善、美，放下名利的包袱，或许我们会过得更快乐，活得更自在。

金字遗言

伊索利奥·罗斯顿是美国最胖的好莱坞影星，腰围6.2英尺，体重385磅。1936年在英国演出时，因心肌衰竭被送进汤普森急救中心。抢救人员用了最好的药，动用了最先进的设备，仍没能挽回他的生命。

临终前,罗斯顿曾绝望地喃喃自语:"你的身躯很庞大,但你的生命需要的仅仅是一颗心脏。"

罗斯顿的这句话,深深触动了在场的哈登院长。作为胸外科专家,他流下了泪。为了表达对罗斯顿的敬意,同时也为了提醒体重超常的人,他让人把罗斯顿的遗言刻在了医院的大楼上。

不久以后,一位叫默尔的美国人也因心肌衰竭住了进来。他是位石油大亨,经济危机使他在美洲的10家公司陷入危机。为了摆脱困境,他不停地往来于欧亚美三大洲之间,最后旧病复发,不得不住进医院。

他在汤普森医院包了一层楼,增设了5部电话和两部传真机。

当时的《泰晤士报》是这样渲染的:汤普森——美洲的石油中心。

默尔的心脏手术很成功,他在这儿住了一个月就出院了。不过他没回美国。他在苏格兰乡下有一栋别墅,是他10年前买下的,他在那儿住了下来。

1948年,汤普森医院50周年庆典,邀请默尔参加。记者问他为什么卖掉自己的公司,他指了指医院大楼上的那一行金字。不知记者是否理解了他的意思,总之,在当时的媒体上没找到与此有关的报道。

后来在默尔的一本传记中有这么一句话:富裕和肥胖没什么两样,只不过是获得超过自己需要的东西罢了。

大道理 华丽的装饰可以显示一个人的富有,优雅的仪表可以显示出一个人的品味,但是这一切有时候也会成为人的负担。被财富的重担压迫并不会比忍受贫穷更好过。

秘方

从前有一位富翁，名字叫顾影。顾影虽然非常有钱，却常常自怜，他可怜自己空有钱财，却从来没有体会过真正的和全然的快乐。

顾影常常想：我有很多钱，可以买到许多东西，却为什么买不到快乐呢？如果有一天我突然死了，留下一大堆钱又有什么用呢？不如把所有的钱拿来买快乐，如果能买到一次全然的快乐，我死也无憾了。

于是，顾影变卖了大部分家产，换成一小袋钻石，放在一个特制的锦囊中开始了他的旅行，他到处问人："哪里可以买到全然快乐的秘方呢？什么才是人间纯粹的快乐呢？"

他得到的答案都是拥有金钱、权势才能快乐。这令他很不满意，因为他早就有了这些东西，却没有快乐。

有一天，顾影去找一位无所不知、无所不通的智者。

顾影问智者道："智者！人们都说你是无所不知的，请问在哪里可以买到全然快乐的秘方呢？"

智者说："我这里就有全然快乐的秘方，但是价格很昂贵，你准备了多少钱，可以让我看看吗？"

顾影把怀里的装满钻石的锦囊拿给智者看，说如果有人能让他体验一次全然快乐，他愿意将全部的财产送给他。智者连看也不看，一把抓住锦囊跑掉了。

顾影大吃一惊，大叫道："抢劫了！救命呀！"可是在偏僻的山村根本没有人听得见，他追了很远的路，跑得满头大汗，也没有发现智者的踪影，他绝望地跪在山崖边的大树下痛哭。没有想到费尽千辛万苦，花了几年的时间，不但没有买到快乐的秘方，反而大部分的钱财被抢走了。

当顾影哭得声嘶力竭的时候，突然发现被抢走的锦囊就挂在大树的枝丫上。他取下锦囊，发现钻石还在。一瞬间，一股难以言喻的、纯粹的全然快乐充满他的全身。

这时，躲在大树后面的智者走出来说："你刚才说，如果有人能让你体验一次全然快乐，即使只是一刹那，你愿意送给他所有的财产，是真的吗？"

顾影说："是真的！"

"刚刚你从树上拿回锦囊时，是不是体验到全然快乐了？"智者又问。

"是呀！我刚刚体验到了全然快乐！"顾影说。

智者说："好了，现在你可以给我所有的财产了。"

智者一边说一边从顾影的手中取过锦囊，扬长而去。

大道理 快乐由心而生，心由事而定，事由人来做。全然快乐是一种陶醉的感觉，它往往来自于得失之间。因为快乐是主观的，也是相对的，就看你如何去触发自己的感受。

上帝只有一个

兔子是世界上最善良的动物了，它只吃青草，不伤害其他动物。可是，它却被很多动物伤害：狐狸、狼、老虎……这太不公平了！有一天，兔子向上帝诉苦，它不想再做兔子了，要求上帝变一变。

上帝很仁慈，马上答应了兔子的要求："好吧，你想变成什么？"

兔子说:"变成一只鸟,在天上自由地飞来飞去,那些狐狸呀狼呀虎呀就再也抓不着我了。"

上帝把兔子变成了鸟。没过几天,鸟又来诉苦说:"仁慈的上帝呀,我再也不想做鸟了!我们在天上飞时,天上的老鹰能抓住我们;我们在树上筑巢,树上的毒蛇能咬死我们。这样的日子实在是太难过了!"

上帝问鸟说:"你想怎么样呢?"

鸟说:"我想变成大海里的一条鱼,海里没有老鹰,没有毒蛇,我能安心地过日子。"

上帝又把鸟变成了鱼。

可是,鱼的处境似乎更糟,因为大海里到处都有"大鱼吃小鱼"的斗争。

过了几天,鱼又要求上帝把它变成人。鱼说:"人是万物之灵,他们住在坚固的钢筋水泥屋子里,使用各种先进的武器装备,任什么凶猛的动物也不能伤他们。相反,那些在山林里威风十足的狮虎,全被他们关在笼子里,供他们观赏取乐,那些蛇呀鹰呀,全都成了他们餐桌上的美味……"

上帝把鱼变成了人,心想,这下你该满意了吧!

可是,过了不久,人照样来向上帝诉苦说:"太可怕了!到处都在流血,到处都是尸体,到处都是废墟……我们再也没法活了!"原来人类发生了战争,数以万计的士兵在互相残杀,无数的平民流离失所,死于饥饿和寒冷。

上帝问人说:"你想怎么样呢?"

人说:"我想到另一个世界去,你把我变成上帝吧!"

上帝没有答应人的这个要求,他说:"上帝只有一个,上帝多了也会打架。"

大道理 更多的时候，我们感觉不幸福，仅仅是因为看见了别人在生活中表现出来的优越，用别人的长处来对比自己的短处。充分发挥自己的长处，你也会感觉到幸福的。

守墓人

故事是一个守墓人的亲身经历。一连好几年,这位温和的小个子守墓人每星期都收到一封素不相识的妇人的来信,信里附着钞票,要他每周给她儿子的墓地放一束鲜花,

后来有一天, 他们见面了。那天, 一辆小车开来停在公墓的大门口, 司机匆匆来到守墓人的小屋说:"夫人在门口的车上,她病得走不动,请你去一下。"

一位上了年纪的女人坐在车上, 表情有几分高贵, 但眼神哀伤,毫无光彩。她怀抱着一大束鲜花。

"我就是亚当夫人。"她说,"这几年我每个礼拜给你寄钱……"

"买花。"守墓人答道。

"对,给我儿子。"

"我一次也没忘了放花,夫人。"

"今天我亲自来了。"亚当夫人温和地说,"因为医生说我活不了几个礼拜了, 死了倒好, 活着也没意思了。我只想再看一眼我儿子,亲手来放一些花。"

小个子守墓人眨巴着眼睛,他苦笑了一下,决定多讲几句。

"我说,夫人,这几年您常常寄钱来买花,我总觉得可惜。"

"可惜?"

"鲜花搁在那儿，几天就干了。没人闻，没人看，太可惜了!"

"你真是这么想的?"

"是的，夫人，你别见怪。我常跑医院、孤儿院，那儿的人可爱花了。他们爱看花，爱闻花。那儿都是活人，可这儿墓里的人哪个还活着?"

老妇人没有做声。她只是小坐了一会儿，默默地祷告了一阵，没留话便走了。守墓人后悔自己一番话太率直，太欠考虑，这会使她受不了的。

可是几个月后，这位老妇人又突然来访，把守墓人惊得目瞪口呆:这回她是自己开车来的。

"我把花都给那儿的人了。"她友好地向守墓人微笑着说，"你说得对，他们看到花可高兴了，这真叫我快活!我的病好多了，医生不明白是怎么回事，可是我自己明白，我觉得活着还有些用处。"

大道理 不错，故事中的老夫人，发现了我们大家都懂得却又常常忘记的道理:活着要对别人有些用处才快活。不仅给自己幸福，也将幸福给他人，这才是生活的强者。

墓地小路

每天，伊万都要去一个小酒馆干活。但每次回家，他都不会为了走捷径而穿过小镇的墓地。尽管那样他可以节省好多时间，但他从来没有走过，即使在阳光最明亮的大白天。

一个冬夜，寒风呼啸，寒风夹着雪花不停地拍打着小酒馆。酒馆里的客人们又聊起了那个老话题，对"胆小鬼"伊万进行嘲弄，说他妈妈在怀他的时候一定是让一只金丝雀给吓着了。这时，酒馆老板向伊万发起了挑衅,他说:"伊万,来一次挑战怎么样?今天晚上你穿过墓地走回去,我就给你5个卢布——5个金卢布!"

也许是伏特加的作用,也许是5个金卢布的诱惑,谁知道呢。伊万舔舔嘴唇,说:"得,老板,等一会儿我就从墓地穿过去。"老板解下了他的佩剑说:"给你,伊万!等你走到墓地中央时,就将这把剑插在那个最大的坟前。明天早上我们会到那里去,如果看到这把剑插在那儿——5个金卢布就归你了!"

当伊万接过剑时,人们举起酒杯:"为怕死鬼伊万干杯!"他们狂笑着大叫。

伊万关上门走出小酒馆。身边狂风怒号,冷得似冰窖一般。

伊万走进了墓地,他飞快地走着。黑暗实在是太可怕了,风凄厉地刮着。他找到了那个大坟堆。他又冷又怕,跪倒在地,把剑向冻得坚硬的地上插下去。

伊万抬起腿想站起来,却动弹不得,不知有什么东西把他给牢牢地拽住了。伊万挣扎着、使劲拉扯着,墓地的上空传出伊万凄惨的叫声。

第二天早晨,人们在墓地中央那个坟堆前发现了伊万。从他脸上的表情来看,他不像是被冻死的,倒像是被无名的恐惧吓死的,老板的那把剑还钉在伊万将它狠狠插下去的地方——穿透了他那件长大衣的下摆。

大道理 谁都会有恐惧,伊万的心中有鬼,他死在自己的手中,就像生活中畏缩不前的人,受困于自己的恐惧心理。在人生的道路上,克服自身的心理障碍,才能到达光辉顶点。

第八辑　爱情

只有爱，才能唤醒爱，才能营养爱，才能维护爱，才能升华爱。也只有爱，才能让爱自如地活着，不被藐视地活着，不会虚无地活着。

别让那只鸟飞了

我和先生结婚10周年那天，一位移居加拿大的朋友给我寄来一份礼物——一张游戏盘，名字叫《别让那只鸟飞了》。

我没有玩游戏的习惯，因此就把它作为一件纪念品收藏了起来。一天，8岁的儿子在我书房里乱翻，发现这张游戏盘。玩过之后，对我说："妈，这里面有一只鸟，弄不好就会从窗口里飞走，一飞走，游戏就砸了。"

在儿子的提醒下，我取出了那张盘。这时才知道，它是一张针对成人而开发的大型游戏软件，总投资8500万美元。

游戏打开之后，映入眼帘的是一栋具有皇家风范的豪宅。豪宅里各项生活设施应有尽有。游戏者进去之后，可以以主人的身份在这里生活。你想打高尔夫，可以去高尔夫球场；你想看书，可以走进书房；想喝咖啡，可以让仆人给你送去；想举行舞会，可以邀请包括麦当娜在内的 100 位世界级影视明星;想去旅行吗?车子就在门口;上了车,沿着门口的路,你可以去埃及、法国、中国等世界任何一个地方;假若你有一位情人,还可以秘密地约她（他)出去,到附近的海滨或南美的哥伦比亚大草原。总之,在这里,你可以随心所欲地生活,可以按照自己的意愿想怎么样就怎么样。

但与现实不同的是,这栋豪宅里有一只鸟在飞,它嘴巴上叼着一只篮子,从客厅飞向卧室,又从卧室飞向书房,飞向餐厅,飞向豪宅的每一个房间。

这只鸟有一个特点:不论你是外出旅行,还是在家读书,或是在公司处理商务,你都不能忘记往一只鸟篮里放东西。假如你忘了,到了一定的时间,它就会从某个窗口里飞出去,一旦出现这种情况,屏幕上就会出现这么一个画面:豪宅倒塌,野草丛生;夕阳下,一个孤独的身影慢慢地消失在黑暗中。

向那只篮子里放些什么东西,才不会使鸟儿飞走、豪宅倒塌呢?游戏里有一份菜单,那上面有包括金钱、花朵、微笑、哭泣、亲吻在内的 152 种日常用品和日常行为。它是赫利克斯公司耗时 3 年,从全球 50 万对金婚老人那里征集的,每一件东西,每一个行为都按得票的多少,被赋予了不同的时间价值,有的代表一个月,有的只代表 3 分钟。至于哪种代表一个月,哪种代表 3 分钟,上面没有明说,完全由游戏者根据自己对它们的认识来判定。

自从打开这个游戏,我就被它迷住了。只要有空,我就要玩上一阵。起初,由于不知该向鸟儿的篮子里放些什么,那栋豪宅经常被我弄得从屏幕上消失。

有一次,实在是不知该怎样侍候它,就随便挑了一个吻放在篮子里。结果大出意外,它不仅让我在大书房里看了整整一下午的书,有几次它甚至还把篮子放在我的书桌上,然后自己跳到里面打一个盹。

还有一次，我送给它一个亲密的拥抱和惜别，就去了墨西哥的古玛雅城市遗址——奇琴伊察。这次更出乎我的意料，半个月后，我回来了，鸟儿不仅没有飞走，当我到达家门口时，它还热情地迎接我。

这到底是怎样的一只鸟儿呢?我送它金钱，它只在家里待3分钟，我送它一花枝，它竟可以待上3个小时。后来我终于发现，它是一只婚姻鸟，并且它有许多不起眼的救星。一个轻吻，一个微笑，一个拥抱，一句关切的话语，一份小小的礼物，一段短暂的离别，都可以把它留下。

现在我已能非常熟练地玩这个游戏，并且越玩越觉得它不再是一个游戏，而是50万对金婚老人在婚姻生活中的感悟和发现。它在告诉我，微不足道的赞许，一杯顺手递去的热茶，一枝3角钱的玫瑰，这些日常生活中微不足道的东西，都具有滋养婚姻的神奇力量。

前不久，一位朋友结婚，我把这张盘作为礼物，转赠了出去。我想，我应该让更多的人从这个游戏中，悟出婚姻中的一些道理。

大道理 美好的家庭，幸福的婚姻是需要靠爱来维持的，而不是靠着金钱来保持。所以，别忘了，对你的婚姻和家庭多投入一点关怀和爱。

胸针

莎拉波娃的姑妈有一个菱形的普通胸针，只要是能够佩戴的衣服，她总是把它佩戴着。莎拉波娃猜想，这里准有什么异乎寻常的缘由。这个胸针究竟是什么材料做的?莎拉波娃纳闷。

经过莎拉波娃再三央求,终于使姑妈同意给她看看那个胸针。她把胸针展开在手上,用指甲小心翼翼地拿着,生怕会掉在地上。

令人失望的是,这只是一个极为寻常的、结成蝴蝶结状的女士胸针。既不是金的又不是银的,更不是钻石的。

"是的,这只是一个普通得不能再普通的胸针。"姑妈微微地笑着,"可就是这么一个普普通通的胸针,它却维系着我的命运。更确切地说,这普普通通的胸针决定了我的爱情。你们现在这些年轻人也许不理解这点,你们把爱不当回事,不,更糟糕的是,你们压根儿没想过这么做。对你们说来,一切都是那样直截了当,来者不拒,受之坦然,草草了事。要知道我们那个年代是何等的重视。"

姑妈开始满怀幸福地对莎拉波娃讲起那难以忘怀的一夜。

"我那时19岁,他不满20岁。

"一天,他邀我去海边旅行。我们要在他父亲捕鱼的船上过夜。我踌躇了好一阵。我还得编造些谎话让父母放心,不然他们说啥也不会同意我干这种事的。因为,那时的我没有一点水性。当时,我可是给他们好好地演了出戏,骗了他们。

"小渔船就在他父亲经常捕鱼的海边,那儿万籁俱寂,孤零零地只有我们俩。因为时间还早,我们就没有直接上渔船,而是在海边休息。他生了火,在我们临时搭建的灶旁忙个不停,我帮他煮汤。饭后,我们就在海滩上漫步。两人慢慢地走着,此时无声胜有声,强烈的心声替代了平时稍显枯燥的言语。此时还有什么可说的呢?

"我们回到渔船。这艘渔船在当时来说已经很不错了,拥有两个房间，就像现在的游艇。他在小房间里给我置了张床，因为小房间比较暖和。你可不知道他干起事来有多细心周到!他在另一间房子里给自己腾了个空位。我觉得那铺位实在不太舒服,睡觉太硬了,睡上去背部肯定会很疼。

"我走进房里,脱衣睡下。门没上栓,钥匙就插在锁里。要不把门拴上?这样,他就会听见栓门声,他肯定知道我这样做是在防备他。我觉得这太幼稚可笑了。难道当真需要暗示他,我是怎么理解这一次我俩单独在这渔船上过夜的吗?话说到底,如果夜里他真想干些风流韵事的话,那么不论是锁,或是钥匙都无济于事,无论什么都对他不起作用。对他来说,此事尤为重要,因为它涉及到我俩一辈子的幸福——命运如何全取决于他。这根本用不着我为他操心。

"在这关键时刻,我产生了一个奇妙的念头。是的,我应该把自己'锁'在房里,可是,在某种程度上说,只不过是采用一种象征性的方法。我踮着脚悄悄地走到门边,脱了鞋子取下一根鞋带,把它缠在门把手和锁上,绕了好几道,然后将那个他在来海边的路上送给我的胸针插在上面。只要他一触动手把,胸针就会移动位置。当时我就做出了决定,不管我有多么喜欢他,只要发现胸针移动了位置,那么,也就意味着我们的缘分到此为止了。

"你们今天的年轻人呀!你们自以为聪明,聪明绝顶。但你们真的知道人生的秘密吗?这个普普通通的胸针——翌日清晨,我就在原位置上把它取了下来——它把我们俩强有力地连在一起了,它胜过我生命中其他任何东西。时机一成熟,我们就结为良缘。他就是我的现任丈夫——卡拉斯。你们是认识他的,而且你们知道,他是我一生的幸福所在。这就是说,一个胸针虽普通,但它却维系着我的整个命运。"

大道理 那些天长地久的爱情，很重要的一条就在于理智的力量常常呼唤着他们，使他们能更清醒、更理智地去探索对方的内心世界。真爱，在于彼此灵魂的相依。

小 脾 气

女孩很漂亮，非常善解人意，时不时出些坏点子耍耍男孩。男孩很聪明，也很懂事，最主要的一点，幽默感很强，总能在两个人相处中找到可以逗女孩发笑的方式。

女孩很喜欢男孩这种乐天派的性格。他们一直相处不错，女孩对男孩的感觉，淡淡的，说男孩像自己的亲人。

男孩对女孩爱得甚深，非常非常在乎她。所以每当吵架的时候，男孩都会说是自己不好、自己的错。即使有时候真的不怪他的时候，他也这么说。他不想让女孩生气。就这样过了5年，男孩仍然非常爱女孩，像当初一样。

有一个周末，女孩出门办事，男孩本来打算去找女孩，但是一听说她有事，就打消了这个念头。

他在家里待了一天，他没有联系女孩，他觉得女孩一直在忙，自己不好意思去打扰她。

谁知女孩在忙的时候，还想着男孩，可是一天没有接到男孩的消息，她很生气。晚上回家后，发了条信息给男孩，话说得很重，甚至提到了分手。

当时是晚上12点。男孩心急如焚地打女孩手机，连续打了3次，都给挂断了。打家里电话没人接，猜想是女孩把电话线拔了。

男孩抓起衣服就出门了，他要去女孩家。当时是12点25分。

女孩在 12 点 40 分的时候又接到了男孩的电话,从手机打来的,她又给挂断了。一夜无话。男孩没有再给女孩打电话。

第二天,女孩接到男孩母亲的电话,电话那边声泪俱下。男孩昨晚出了车祸。警方说是车速过快导致刹车不灵,撞到了一辆坏在半路的大货车。救护车到的时候,人已经不行了。

女孩心痛得哭不出声来,可是再后悔也没有用了。她只能从点滴的回忆中来怀念男孩带给她的欢乐和幸福。

女孩强忍悲痛来到了事故车停车场,她想看看男孩待过的最后的地方。车已经撞得完全不成样子。方向盘上,仪表盘上,还沾有男孩的血迹。

男孩的母亲把男孩当时身上的遗物给了女孩,钱包,手表,还有那部沾满了男孩鲜血的手机。

女孩翻开钱包,里面有她的照片,血渍浸透了大半张。当女孩拿起男孩的手表的时候,赫然发现手表的指针停在 12 点 35 分附近。

女孩瞬间明白了,男孩在出事后还用最后一丝力气给她打电话,而她自己却因为还在赌气没有接。

男孩再也没有力气去拨第二遍电话了,他带着对女孩的无限眷恋和内疚走了。

女孩永远不知道,男孩想和她说的最后一句话是什么。女孩也明白,不会再有人再说什么了……

大道理 珍惜自己现在所拥有的一切,不要在失去以后才知道后悔!人生没有后悔药。后悔是对自身的一种伤害,伤害过重,生活就失去了意义。

成熟的爱

烛光晚餐,桌两边坐着男人和女人。

"我喜欢你。"女人一边摆弄着手里的酒杯,一边淡淡地说。

"我有老婆。"男人摸着自己的手上的戒指。

"我不在乎,我只想知道你的感觉。你喜欢我吗?"

意料中的答案。男人抬起头,打量着对面的女人。24岁,年轻,有朝气,相当不错的年纪。白皙的皮肤,充满活力的身体,一双明亮的会说话的眼睛。真是不错的女人啊,可惜。

"如果你也喜欢我,我不介意做你的情人。"女人终于等不下去,追加了一句。

"我爱我妻子。"男人坚定地的回答。

"你爱她?爱她什么?现在的她,应该已经年老色衰,见不得人了吧。否则,公司的晚宴,怎么从来不见你带她来……"女人还想继续说下去,可接触到男人冷冷的目光后,打消了念头。

"你喜欢我什么?"男人开口了。

"成熟,稳重,动作举止很有男人味,懂得关心人,很多很多。反正,和我之前见过的人不同。你很特别。"

"你知道三年前的我是什么样子?"男人点了支烟。

"不知道。我不在乎,即使你坐过牢。"

"三年前,我就是你现在眼里的那些普通男人。"男人没理会女人,继续说,"普通大学毕业,工作不顺心,整天喝酒,发脾气。对女孩子爱理不理。还因为去夜总会找小姐,被警察抓过。"

"那怎么?"女人有了兴趣,想知道是什么让男人转变的,又问,"因为她?"

"嗯。她那个人,好像总能很容易就能看到事情的内在一面。她教我很多东西,让我别太计较得失;别太在乎眼前的事;让我尽量待人和善。那时的我在她面前,就像个不懂事的孩子。也许那感觉,就和现在你对我的感觉差不多。那时真的很奇怪,倔脾气的我,只是听她的话。按照她说的,接受现实,知道自己没用,就努力工作。那年年底,工作上稍微有了起色,我们结婚了。"

男人弹了弹烟灰,继续说道:"那时,真是苦日子。两个人,一张床,家里的家具,也少得可怜。知道吗?结婚一年,我才给她买了第一枚钻戒,是存了大半年的钱呢。当然,是背着她存的。若她知道了,是肯定不让的。那阵子,烟酒弄得我身体不好。大冬天的,她每天晚上睡前还要给我熬汤喝。那味道,也只有她才做得出。"

男人沉醉于回忆中,忘记了时间,只是不停地讲述着往事。而女人,也丝毫没有打扰的意思,就静静地听着。等男人注意到时间时,已经晚上10点了。

"啊,对不起,没注意时间,已经这么晚了。"男人歉意地笑了笑。

"现在,你可以理解吗?我不可能,也不会做对不起她的事。"

"啊,知道了。输给这样的人,心服口服啰。"女人无奈地摇了摇头,"不过我到了她的年纪,会更棒的。"

"嗯。那就可以找到更好的男人。不是吗?很晚了,家里的汤要冷了,我送你回去。"男人站起身,想送女人。

"不了,我自己回去可以了。"女人摆了摆手,"回去吧,别让她等急了。"

男人会心地笑了笑,转身要走。

"她漂亮吗?"

"嗯，很美。"男人的身影消失在夜色中，留下女人，对着蜡烛发呆。

男人回到家，推开门，径直走到卧室，打开了台灯，在床边坐了下来。

"老婆，已经第四个了。干吗让我变得这么好，好多人喜欢我呀。搞不好，我会变心呀。干吗把我变得这么好，自己却先走了？我，我一个人，好孤单呀。"男人哽咽地说着说着，终于泣不成声。

眼泪，一滴滴地从男人的脸颊流下，滴在手心里的相框上。昏暗的灯光中，旧照片里，弥漫着的，是一个已逝女子，淡淡的温柔。

大道理 这个男子大可以跟对面年轻美丽的女孩子做"情人"，但是他没有，因为，真正的爱不是所谓的简单的喜欢，而是生命的成熟与对永恒的感动。

生命无常

有对夫妇，整天吵闹不休，原因出在女方身上。无论是有事没事，她每天都要发动一次"战争"，就像常人一日三餐必不可缺一样。丈夫被妻子弄得苦不堪言。

一个星期天，丈夫趁妻子心情好的时候，要求带妻子到一个地方走一走。妻子以为会带她逛公园去，高兴地打扮一番。殊不知丈夫将妻子带到一家大型医院去转转了。

回到家，妻子火便来了，什么地方不去，偏偏到那个到处是病人呻吟或从手术室推出一具尸体，后面跟着一群亲人号啕痛哭的鬼地方去。妻子骂了一阵，见丈夫不理她，越发觉得丈夫有意在耍弄她，于是坐在院子里伤心地痛哭起来……

一会儿丈夫来了，手里拿着妻子平时梳头的木梳子，慢慢地替泪痕满面的妻子梳着头。妻子看到平时顶嘴的丈夫一反常态，感到奇怪，推开他的手说："不要你假惺惺地对我好，只要你不惹我生气就行了。"丈夫想说：我根本没惹你，都是你自己没事找事。但是他改变了字眼说："亲爱的，都是我不好行吗？原谅我吧！"妻子惊诧不已："你今天怎么啦？好像换了个人似的。"丈夫笑笑："我还是我呀。"妻子去抢丈夫手里的梳子："我自己梳吧，我不需要假情假意。"丈夫不让，继续替妻子梳着："我一直对你是真心实意，只是你忽略了罢了。"妻子回头望着丈夫："你今天为何要带我去那个鬼地方？你是什么意思呢？"丈夫没有马上回答妻子，仍然仔细地替妻子梳着头，良久才叹息道："你今天不是看到了吗？那么多人不幸地躺在那里，或痛苦呻吟或不幸死了；你应该明白，生命无常，今天我替你梳头，谁敢保证明年或更近一些日子，我还有没有机会再替你梳头呢……"妻子幡然醒悟，浑身一颤："我们能健康地活着多么幸福啊！为何不懂得珍惜呢……"

大道理 权势再大，金钱再多，没有一个融洽的社会氛围和和睦的家庭环境，谈何幸福？生命无常，珍惜当前拥有的家庭、爱人才是最大的幸福。

难得的礼物

雪后的一个冬日。刘先生和女友一起去美国新泽西的超市。这是情人节的前夕，他们彼此都想买点什么送给对方。

他们穿梭于一排排货架中，在一只小白熊前他们停住了。对情人节来说，这可是个难得的好礼物。小熊洁白的皮毛不正象征着爱情的纯洁与永恒?顽皮逗人的神情又意味着爱情的欢欣和快乐。刘先生选中它作为送给她的礼物。

付款时,他从口袋里掏出一大把硬币开始整理起来。

"嗨,理它干什么,一把付给她就是了。"女友说。

"给人方便嘛。"他半开着玩笑。

"哼。"她不以为然。

屋外,一个银色的世界。厚厚的积雪掩去了暴露于世的污垢,留下一片洁净,感觉像是进入了天国。他们走在积雪上,吱吱声响由脚下泛起,热烈而欢快,伴随着他们行进的步伐。

刚才的那一幕却还萦绕在刘先生的心头。这使他想起一件旧事……

5岁那年,妈妈开始教他学中文。汉字的读和认并不难,没过多久他就能读认好多汉字了。

但是他怎么也没能掌握写好它的技巧。他写的字不是上下脱节就是左右分家,很难合到一块儿去。一天妈妈让他抄一首唐诗,他把"相"写成了"木目","难"写成了"又隹"。所有的部首都互不相让,各自为政。

"你知道为什么会这样?因为你写字时从不想着其他的部分。写汉字的原则是要时时想着它的邻居。就像写这个'相'字吧,你写'木'字时就不能把右脚伸得太长,因为它还有个邻居。"妈妈一边在纸上示范一边讲着这样的道理,"'凡事替他人想'这是我们中华民族的美德,写汉字也是同样的道理。"

他学会了写汉字。更学会了如何去做一个真正的中国人。

刘先生把这个故事告诉了女友。

她手里摆弄着那只小白熊,心不在焉地听着。

故事说完了。他们陷入一阵沉默。忽然她停下脚步,无限深情地望着他，双手慢慢举起那只小白熊贴到他脸上。

"谢谢你。"她柔声说道，"这是我所得到的最好的情人节礼物。"

大道理　站在对方的角度上考虑问题，凡事替他人着想，就容易促进人际关系的和谐。和谐是社会进步的标识。

乐羊子求学

　　古时候有个叫做乐羊子的人，他娶了一位知书达理、勤劳贤惠的好妻子，她总是帮助和辅佐丈夫力求上进，做个有抱负的人。妻子常常跟乐羊子说："你是一个七尺男子汉，要多学些有用的知识，将来好做大事，天天待在家里或者只在乡里四邻转悠一下，开阔不了眼界，长不了见识，不会有什么出息的。不如带些盘缠，到远方去找名师学习本领来充实自己，也不枉活一世啊！"

　　日子一长，乐羊子被说动了，就按照妻子的话收拾好行李出远门去了。自从那天和乐羊子依依惜别后，妻子一天比一天思念自己的丈夫，记挂他在异乡求学的情况，但她把这份惦念埋在心底，只是每天不停地织布干活来排遣这份心情，好让乐羊子安心学习，不牵挂自己和家里。

　　一天，妻子正织着布，忽然听见有人敲门。她过去开了门一看，简直不敢相信自己的眼睛，站在面前的竟然是自己日夜想念的丈夫。她高兴极了，忙将丈夫迎进屋坐下。可是惊喜了没多久，妻子似乎想起了什么，疑惑地问："才刚刚过了一年，你怎么就回来了，是出了什么事吗？"

　　乐羊子望着妻子笑答："没什么事，只是离别的日子太久了，

我对你朝思暮想，实在忍受不了，就回来了。"

妻子听了这话，半晌无语，表情很是难过。她抓起剪刀，快步走到织布机前"咔嚓咔嚓"地把织了一大半的布都剪断了。乐羊子吃了一惊，问道："你这是干什么？"

妻子回答说："这匹布是我日日夜夜不停地织呀织呀，它才一丝一缕地积累起来，一分一毫地变长起来，终于织成了一整匹布了。现在我把它剪断了，白白浪费了宝贵的光阴，它也永远不能恢复为整匹布了。学习要一点点地积累知识才能成功。你现在半途而废，不愿坚持到底，不是和我剪断布一样可惜吗？"

乐羊子听了这话恍然大悟，意识到自己错了，不由得羞愧不已。他再次离开家去求学，整整过了7年才终于学成而返。

大道理 乐羊子的妻子以她的远见和勇气帮助丈夫坚定了求学的意志，而乐羊子也终于以惊人的毅力克服困难，坚持学习。坚持还是放弃，选择只在一念之间。

不要强求别人

有位男士总是责备妻子，嫌她奸、懒、馋、猾。为此，两人天天吵架，经常吵闹着离婚。

双方共同的一个老朋友得知此事，准备发扬爱心，予以调解。

"到底怎么回事？"朋友问。

"他总是无理取闹，没事找事。"女方说。

"谁无理取闹？我可是忍了好久了！你说她有多懒，从来没有认真做过一天家务。"男方忿忿地说。

"这么说，家务都是你做的了？"朋友问。

"我哪有时间呀?上了一天班,回来再做家务,那不成了奴隶了吗?"男方没好气地说。

"那她应该下班回来再做家务,把自己主动变成'奴隶'?"朋友问。

"她那也叫工作?一个月挣那么点工资。"男方撇撇嘴说。

"正因为我工资低,所以更应该把精力投入到工作中去,不然哪有希望加薪呀?对不对?"女方理直气壮地说。

"你还有理了?挣钱少可以享清福,那谁还愿意卖力工作!不管怎么说,我挣钱多,功劳大,理应给我多些个人时间,这就叫奖勤罚懒。"

"你们两人的意思我明白了。各自都有不做家务的理由,可双方的理由都不能成立。"朋友说。

"为什么?"夫妻俩同声发问。

"家务活是每个家庭成员应该主动承担的义务,你们不应该把它当做苦役,想方设法推给对方,再说,做不做家务不能以双方给家里挣钱多少作为考核依据。不能说,你挣钱多,就有权利让对方服侍你;也不能说,你挣钱少,就有义务让对方'贴补'你,好让你在工作的道路上轻装前进。即便不把家务活当做各自应尽义务,而当做义务奉献的话,你们也都没有理由强求对方去奉献、去'牺牲'。"

听了朋友的话,夫妻俩不言语了,开始反思。

大道理 做家务和干工作的道理相同,都需要每个人自动自发,不能凭摆资格把它摆脱,也不能借口有更大追求,而强求别人理解,主动奉献。

第九辑　亲情

岁月催人老，不老的是亲情。无论我们身处何境，身在何地，亲人永远是我们最坚实的精神支柱，最理想的感情寄托!

最后一份晚报

从一个饭局上下来时已是晚上九点多钟了，头疼得厉害，又没有出租车，我只好顺着公园边上的环形路，深一脚浅一脚地往家走。走到一棵树下，一个影子忽然从树根下站起来，吓了我一跳。

借着路边的灯光，半睁着蒙眬的眼睛看了看，是个女孩，十来岁的样子。我清了清嗓子，镇定一下情绪，正准备走，那孩子在我身后喊："叔叔，叔叔，你等一等。"我停下脚步，回过头来。

"叔叔，你能不能帮我在那个报亭买份报纸?"顺着她指的方向望去，前方五十米的地方果然有个报亭。"买报纸?"我有些惊讶。"嗯，买张《××晚报》。"孩子边说边将一枚硬币放在我的掌心。我更奇怪了，心想：你怎么自己不去呢?但我没说出口。天这么黑，我一个大人，对孩子的这一点儿小要求都不能满足吗?拿着钱，我就过去了，将一元钱递给那个妇女，取了报纸，转身往回走。

那个孩子还是站在树底下。"你怎么站在树底下呢?"我问。"我怕被我妈妈看到。""你妈妈?你妈妈在哪儿?""就是那个卖报纸的人。"我的酒醒了大半。"你怎么从你妈妈那儿买报纸呢?"我怔怔地看着小女孩问。

小女孩低头摩挲着手上的报纸,说:"我晚上给她送饭时,她还剩下一份报纸,说不卖掉,明天就没有人买了。我在这里等她一个小时了,她肯定卖不掉了。"

我看着小女孩说不出话来的时候,她的妈妈已在打烊了。小女孩把报纸往我手里一塞:"叔叔,给你看吧。我回家了。"说完,她从树底下跑开了。

大道理 亲情就像一棵参天大树,绿叶如盖、摇曳多姿,枝头挂满成熟的甜果,任由我们在树上攀玩,品尝甜果的美味。亲情给我们的温暖和关爱,让我们对亲情有一种与生俱来的依恋和爱戴……

神奇的魔术

皮特是一名职业魔术师,他受雇每天晚上在洛杉矶的一家餐馆里为前来就餐的顾客表演魔术。一天晚上,他走到正在餐桌边就餐的一家人面前,取出一副牌开始表演。他转向正坐在餐桌边的一个小女孩,请她抽出一张牌。女孩的父亲告诉他,女儿凯蒂是个盲女。

皮特回答:"噢,那没什么。如果她同意的话,我还是想专为她表演一个魔术。"说完,皮特又转向小女孩,"凯蒂,你愿意配合我表演一个魔术吗?"

凯蒂有点儿羞涩地说:"我愿意。"

然后,皮特在餐桌边凯蒂对面的位置上坐下来,说:"我举起一张牌,凯蒂,它将会是红黑两种颜色中的一种,或者是红色或者是黑色。我需要你做的就是请你运用你的精神力量,告诉我那张牌的颜色是红色还是黑色。你明白了吗?"凯蒂点了点头。

皮特抽出一张梅花5,说:"凯蒂,这张牌是红色的还是黑色的?"

过了一会儿,盲女孩凯蒂回答:"是黑色的。"她的家人都笑了。

皮特又举起一张红桃7,说:"这张牌是红色的还是黑色的?"

凯蒂说:"是红色的。"

然后,皮特又举起了第三张牌,是一张方块3,说:"这一张是红色的还是黑色的?"

凯蒂毫不犹豫地说:"是红色的!"她的家人都兴奋地鼓起掌来。皮特接连又抽出了三张牌,凯蒂全都说对了。令人难以置信的是,她总共猜了6次,居然6次全都猜中了!她的家人简直不相信凯蒂的运气会这么好。

皮特举起的第七张牌是一张红桃5,他说:"凯蒂,我想让你告诉我这张牌是一张什么牌,是红桃、方块、黑桃还是梅花,数字是几。"

过了一会儿,凯蒂信心十足地回答:"这是一张红桃5。"她的家人全都屏住了呼吸,全都被惊得怔住了!

女孩的父亲问皮特他是在玩魔术还是真的会施展魔法,皮特回答:"你还是问凯蒂吧。"

于是,凯蒂的父亲转而问她:"凯蒂,你是如何说对的呢?"

凯蒂微笑着说:"这是魔力!"

皮特与这家人握了手,拥抱了凯蒂,留下了自己的名片,然后道别离开了。显然,那天晚上,他创造了这家人一生也不会忘记的魔力时刻。

那么，凯蒂到底是如何知道那些牌的颜色的呢?皮特在进餐馆之前从未遇到过她，所以他不可能预先告诉凯蒂哪些牌是红色的，哪些牌是黑色的。而凯蒂的眼睛是看不见的，因此，她也不可能在皮特举起牌的时候看见牌的颜色和牌上的数字。那么，这一切到底是如何进行的呢?

皮特能创造这个"一生只有一次"的奇迹，是因为他运用了一种秘密的代码和敏捷的思维。在皮特从事这个职业生涯的早期，他设计出一套不用语言也能在人与人之间进行沟通的脚代码。那晚在餐馆里遇到凯蒂一家之前，他从来没有机会运用过那套代码。当皮特在凯蒂的对面坐下来的时候，他说:"我举起一张牌，凯蒂，它将会是红黑两种颜色中的一种，或者是红色或者是黑色。"他一边说，一边在桌子底下用脚敲了敲她的脚，当他说"红色"这个词的时候他敲一下，说"黑色"这个词的时候敲两下。

为了确保凯蒂已经明白了他的意思，他又把刚才的那个秘密的暗示重复了一遍。他说:"我需要你做的就是请你运用你的精神力量，告诉我那张牌的颜色是红色还是黑色。"与此同时，当皮特说红色时他的脚在桌子底下偷偷地敲她的脚一下，在说黑色时敲了两下，并问她:"你明白了吗?"当她点头说"是的"的时候，他知道她已经明白了那套代码，并且乐于和他一起玩这个魔术。而当她的家人听他问她是否"明白"的时候，他们以为他指的是他刚才说的规则。

那么，他是如何把"红桃5"这个信息传递给她的呢?很简单。他用脚敲她的脚五下，让她知道它是"5"。当他问她那张牌是红桃、黑桃、方块还是梅花的时候，他在说"红桃"的时候用脚敲了敲她的脚。

这个魔术的魔力在于它对凯蒂所产生的影响。它不仅给了她一个在她的家人面前出风头而觉得自己很特别的机会，它还使她在她的家人把这个令人惊异的"精神"体验告诉他们的所有朋友们的时候,令她成为家里的一颗耀眼的明星。

在这件事过去了几个月之后,皮特收到凯蒂寄来的一个包裹,里面有一副用盲字印的牌和一封信。她在信里为他让她感觉自己是那么特别而向他道谢。她说尽管她的家人一个劲儿地追问她,但她还是没有说出那个魔术的秘密。在信的末尾,她说她希望他收下那副盲人牌,以便他能为盲人表演更多的魔术。

大道理 残疾人虽然在身体上有所残缺,但是他们同样需要鼓励,需要认可。人与人之间的沟通并不仅仅是通过眼睛、耳朵来完成,有时要用心去沟通。

比山高的母爱

一对登山运动员夫妇,为庆祝他们儿子一周岁的生日,他们决定背着儿子登上7000米的雪山。

他们特意挑选了一个阳光灿烂的好日子,一切准备就绪之后就踏上了征程。夫妇俩轻松地登上了5000米的高度。

然而,就在他们稍事休息准备向新的高度进发之时,风云突起,一时间狂风大作,雪花飞舞。气温陡降至零下三四十度。由于暴风雪太大,能见度不足1米,上或下都意味着危险或死亡。两人无奈,情急之中找到一个山洞,暂时躲避风雪。

7个小时过去了,暴风雪继续咆哮着,气温也继续下降,妻子怀中的孩子被冻得嘴唇发紫,孩子的哭声越来越弱。对于经验丰富的他们,这样的暴风雪不算是致命的威胁,以前他们也曾经历过比这更危险的情形。可是这一次完全不一样了,因为他们带着仅仅一周岁的孩子。低温不是孩子最直接的威胁,因为母亲的怀抱足够温暖,最大的威胁是吃奶。一岁大的孩子,正常情况下,3个小时就要吃一次奶,而且,奶是孩子唯一的能量来源。已经7个小时没有吃奶的孩子,在如此恶劣的情况下,很快就会因为缺少食物而被饿死。但是同样在如此低温的环境之下,任何一寸裸露的肌肤都会导致体温迅速降低,时间一长就会有生命危险。怎么办?丈夫制止了妻子几次要喂奶的要求,他不能眼睁睁地看着妻子被冻死。然而,如果不给孩子喂奶,孩子就会很快死去。妻子哀求丈夫道:"就喂一次。"丈夫把妻子和儿子揽在怀中。喂过一次奶后妻子的体温下降了两度,她的体能受到了严重的损耗。

暴风雪继续肆虐着,漫天风雪中救援人员根本不可能找到他们的位置。这意味着风雪如果不停,他们就没有获救的希望。时间在一分一秒地流逝,孩子需要一次又一次地喂奶,妻子的体温在一次又一次地下降。

3天后,当救援人员赶到时,丈夫已冻昏在妻子的身旁,而他的妻子——那位伟大的母亲已被冻成一尊雕塑,她依然保持着喂奶的姿势屹立不倒。她的儿子,她用生命哺育的孩子正在丈夫的怀里安然地甜睡,他脸色红润,神态安详。被伟大的爱包裹着的孩子,你是否知道你有一位伟大的母亲?她的母爱可以超越5000米的高山而在风雪之中给予了你第二次生命。

为了纪念这位伟大的母亲,丈夫决定将妻子最后的姿势铸成铜像,让妻子最后的爱永远流传。

大道理 生命之爱足可以超越5000米的高山。生命诚可贵,爱情价更高,但世上任何东西都比不上伟大的母爱。

生命的支点

他是一所学校里的一位平凡的勤杂工,在一场洪水之后,成了一位英雄。

那天,洪水困住了他工作的那所小学校,当时,学校里只剩下他和4个孩子。洪水涨得很快,眼看着洪水已经漫到腰部了,想要逃脱已经是很难了。

这时,他找到了一个大木盆,如果跳上这个大木盆,那么,他的生命就可以得救了。可是,学校里还有4个孩子,他想都没想,就把4个孩子抱上了这个大木盆,孩子进了木盆,他毫不犹豫地将木盆推走了。

他不会游泳,只能在洪水里奋力挣扎。最后,他奇迹般地生还了。

事后,一位记者采访了他,记者问:"当时你不是把死留给了自己吗?你是怎么想呢?"

"很简单,就是让孩子们活着。"

"这说明你拥有一颗非常了不起的爱心。"

"没那么复杂,因为这几个孩子中有我的儿子。"

记者感到意外,又问道:"你的水性不好,那你是怎样战胜洪水活下来的呢?"他说:"也很简单,因为我很爱我的那个儿子,我不能让他没有父亲。"

大道理 急难之中,心中有爱,意志就不会倒;意志不倒,生命就有希望。爱是支撑一个人生存的力量,有爱存在,就有一切。

不经意的瞬间

有一个小男孩儿总是不开心,他觉得从小最疼他的爸爸变得一点儿也不关心他了。

是的,自从他长大以后,父亲就一直忙于生意,为了家庭的幸福而奔波,有时候忙得好几天都见不到他的面,当然也就没时间像以前那样关心家人了。

有一次小男孩儿在学校踢球摔伤了腿,老师就叫了几个同学把他送回家。很意外,在路上居然碰到了小男孩儿的爸爸。小男孩儿的爸爸看到了小男孩儿,就问他怎么了,小男孩儿告诉父亲,说摔伤了腿,流了好多血。但是父亲只是皱了皱眉头,说:"哦,回去消毒,包扎一下。"然后就转身走了。小男孩儿很伤心,向同学埋怨父亲不关心自己。有一个同学告诉他,父亲表达爱的方式是不同的,你爸爸等会儿肯定要回头看你!果然,小男孩儿的父亲马上转过头看了眼儿子,眼神出奇地关切和爱怜。

爱就在不经意的回头瞬间。小男孩儿的泪水夺眶而出,刹那间,他明白了,爱真的很简单,只是每个人表达爱的方式是不同的。

大道理 爱很伟大,爱又很简单,每个人表达爱的方式不同,细心观察,你会发现爱就在你身边。爱,真的很简单。

血　爱

朋友刚满月的小孩生病住院,我前去探望。见朋友正把一个透明的器皿罩在乳房上,并不停地挤压乳房。刚开始挤出的还是乳汁,后来竟变成了血水。我大感惊异,忙问怎么回事。朋友平静地告诉我,因为孩子生病,怕感染,医生嘱咐她两个月内不准给孩子喂母乳。在这期间,如果不把乳汁挤出来,就会回乳,孩子以后将吃不到母乳了。为了防止回乳,她必须每天用吸奶器把奶汁吸出来,吸的次数多了,导致乳房肿胀,并不时有血水溢出。

"那一定很痛吧?"我问。

"血都出来了,还有不痛的道理?"她苦笑了一下。

"那就干脆回乳算了呗!"

"回乳?!"她睁圆了眼睛望着我,仿佛不认识我似的。那双眼睛渐渐充满了泪水,失去了最初的平静。"我的小孩刚满月,再过两个月,也才三个月大,那么小就没奶吃,多可怜!"她把目光移到孩子瘦弱的小脸上,颤声道。

泪水顺着脸颊淌了下来。我不敢再说什么,怕她会更伤心。最初我只是想到了她的疼痛,却没想到这疼痛在母性的慈爱面前是如此的微不足道。血浓于水,我再没有理由不相信。

大道理 沧海桑田,世事变幻,而生命长存不息,延续至今,是因为有一种爱从未改变,那就是母爱。血浓于水,爱深似海。

哥哥的心愿

圣诞节时,保罗的哥哥送他一辆新车。圣诞节当天,保罗离开办公室时,一个男孩绕着那辆闪闪发亮的新车,十分赞叹地问:"先生,这是你的车?"

保罗点点头:"这是我哥哥送给我的圣诞节礼物。"男孩满脸惊讶,支支吾吾地说:"你是说这是你哥哥送的礼物,没花你半毛钱?我也好希望能……"当然保罗以为他是希望能有个送他车子的哥哥,但那男孩所谈的却让保罗十分震撼。

"我希望自己能成为送车给弟弟的哥哥。"男孩继续说。保罗惊愕地看着那男孩,冲口而出地邀请他:"你要不要坐我的车去兜风?"男孩兴高采烈地坐上车。

绕了一小段路之后,那孩子眼中充满兴奋地说:"先生,你能不能把车子开到我家门前?"保罗微笑,他心想那男孩必定是要向邻居炫耀,让大家知道他坐了一部大车子回家。没想到保罗这次又猜错了。

"你能不能把车子停在那两个阶梯前?"男孩要求。男孩跑上了阶梯,过了一会儿保罗听到他回来的声音,但动作似乎有些缓慢。原来他带着跛脚的弟弟出来,将他安置在台阶上,紧紧地抱着他,指着那辆新车。

只听那男孩告诉弟弟:"你看,这就是我刚才在楼上告诉你的那辆新车。这是保罗他哥哥送给他的哦!将来我也会送给你一辆像这样的车,到那时候你便能去看看那些挂在窗口的圣诞节的漂亮饰品了。"

保罗走下车子,将跛脚男孩抱到车子的前座。满眼闪亮的大男孩也爬上车子,坐在弟弟的旁边。就这样他们三人开始了一次令人难忘的假日兜风。

那一次的圣诞夜中,保罗才真正体会耶稣所说的"施比受更有福"的道理。

大道理 得到常常让人感到快乐,其实,给予所带给人的幸福比得到更加强烈!得到不应是索取,而是无私的奉献。

美梦成真

26岁母亲无助地凝视着患白血病而奄奄一息的儿子,内心充满了悲伤。她下决心要实现儿子的梦想,让儿子无憾地离开这个世界。

她握着儿子的手问道:"巴柏西,你曾想过长大后要做什么吗?你对自己的一生有过什么梦想吗?"

"妈咪,我一直希望长大后能成为消防队员。"

母亲强忍悲伤,微笑着说:"我来看看能不能让你的愿望成真。"当天稍晚,她来到亚历桑纳州凤凰城当地的消防队,找到了消防队员鲍伯,这位母亲向他解释自己的儿子临终的心愿,并问是否能让她的儿子坐上消防车在街角转几圈。

鲍伯有一颗慈善的心,他说:"不只这样呢,我们还可以做得更好。如果你在星期三早上7点把你儿子带到这里来,我们会让他当一整天的荣誉消防队员。他可以到消防队来,和我们一起吃饭,一起出勤。对了,如果你把他的尺寸给我,我们还可以帮他订做一套真正的消防制服,附加一顶真的防火帽,不是玩具帽,上面还有凤凰城消防队的徽章,印着我们穿的黄色防水衣和橡胶靴。这些东西都是在凤凰城里制造的,所以可以很快拿到。"

三天后,消防队员鲍伯带着巴柏西,帮他穿上消防制服,护送他从医院的病床坐到消防车上。在鲍伯引领巴柏西回消防队的路上,巴柏西仿佛置身于天堂。

当天凤凰城有3起火警,巴柏西每次都出勤。他乘坐不同的消防车,还有救护车,甚至消防队长的座车。他还为当地的新闻节目拍录影带。

由于美梦成真以及人们带给他的爱和关怀,令巴柏西深受感动,他比医生预期的多活了三个月。

一天晚上,护士长急忙打电话通知巴柏西的母亲到医院。得知儿子即将离开人世,她想起巴柏西曾担任过消防队员,因此她也打电话给消防队长,问他是否能派一位穿制服的消防队员到医院来,在巴柏西临终前陪伴他。

大约5分钟后,一部消防车到达医院,把云梯延伸到巴柏西所住的三楼的窗前,有14位男消防队员、2位女消防队员爬上云梯进入巴柏西的房间。他们征得巴柏西母亲的同意,拥抱了他,并告诉他,他们有多爱他。

巴柏西临终前,凝望着消防队长说:"队长,我现在能算得上个真正的消防队员吗?"

"算!巴柏西。"队长说。

巴柏西听了,微笑着闭上了眼睛。

大道理 有爱滋润,心就不会孤寂;有爱照耀,生命就有了色彩。爱能给人勇气和鼓励,爱能创造生命的奇迹。

空白磁带

大学时同寝室有一个家住哈尔滨的同学,他从不给家里打电话。问他,他说家里没有电话,写信就可以了。我们有些奇怪:他家住大城市,生活条件也不错,家里怎么没有电话呢?

那次暑假回来后,他每天晚上都躲在被窝里听一盘从家里带来的磁带,有几次还弄出了声。我们提出借他的磁带听一听,他说什么也不肯。一次趁他不在,我们从他枕头下翻出那盘磁带,放在录音机里听，好久也没听到声音。我们很是纳闷儿：他每天晚上听这盘空白磁带干什么呢？

快毕业时，他才告诉我们原因。原来他父母都是聋哑人，为了生活，他们吃尽了苦，也受尽了别人的白眼冷遇。为了他能好好上学读书，父母的心都放在他身上，给他创造了最好的条件，从不让他受一点儿委屈。后来日子好过了，他却要离开父母去远方上大学，他说："我时常想念家中的爸爸妈妈，是他们用无言的爱塑造了我的今天。那次暑假回家，我录下了他们呼吸的声音，每晚听着，感觉父母好像在身边一样。"

我们的心灵被深深震撼了，亲情是世界上最灿烂的阳光。无论我们走出多远，飞得多高，父母的目光都在我们的背后，我们永远是他们心中最最牵挂的孩子。大爱无言，而那份无言的爱，就是人间最美的声音。

大道理 真爱无言，海角天涯，做儿女的都永远走不出父母的关怀和牵挂。无论儿女走向哪里，父母的目光都会投向哪里。

奇迹的名字叫父亲

父亲要带着自己的小女儿去纽约和妻子相聚。

在一艘横渡大西洋的客轮上，一天早晨，父亲正在舱里用刀削苹果。忽然，船猛地晃动起来，父亲应声而倒，那把刀狠狠地插在父亲的胸口上，他的手转眼间颤抖得很厉害，脸色发白，女儿听到尖叫声，忙跑过来扶着父亲，但是她不知道父亲已经受了伤。

父亲微笑着扒开女儿的手，告诉她："没事儿的，只是摔了一跤。"然后,他轻轻地捡起了那把刀,用大拇指抹掉了血迹,慢慢地爬起来。父亲依然每天晚上给女儿唱摇篮曲,早晨再给她系上最美的蝴蝶结,带她去看蔚蓝的大海。

到达目的地的前一天晚上,父亲来到了女儿身边,告诉她说:"明天见到妈妈,告诉她,我爱她。"

女儿不解地说:"可是明天你就见到她了呀,为什么不亲自告诉她呢?"

父亲笑了,俯身在女儿额头上深深地一吻。

到达纽约港了,女儿一眼便认出了人群中的妈妈,她大声喊道:"妈妈,妈妈!"这时,旁边的游人一阵惊呼,女儿转头看去,父亲已经仰面朝天地倒在地上,胸口冒血如井喷一般,他死了。

尸解的结果令人惊讶,是那把刀把他的心肌切成了两半,而他却多活了三天,医院唯一的解释是:由于切口太细了,使两块心肌紧紧贴在一起,输送了三天的血液。

在一次医学研讨会上,人们纷纷要给这个奇迹起个名字,有的说叫大西洋奇迹,还有的说就以父亲的名字命名。这时,一位资深的老医学家说:"够了!"然后一字一顿道,"奇迹的名字叫父亲!"

大道理 父爱是含蓄的,是不经意间一丝一缕自然流露出来的,虽然不像母爱来得那样热烈和直接,却有着一股超越生命的无穷力量。

母 爱

那年,小弟因为受伤住进了医院,我去陪护。

同病房有一个女孩儿,她是因为车祸住进来的,自住进来的那天起,她就一直昏迷不醒。

女孩儿在昏迷中不时地喊着:"妈妈,妈妈!"

女孩儿的爸爸手足无措地坐在病床前,神色凄楚地看着女儿痛苦地挣扎,不知该如何帮助女儿,只是不停地哀求医生说:"救救我女儿,救救我女儿!"

他不知道,医生该用的药都已用了,而病人,有时候也是要自救的,能不能活下来,要看她对这个世界是否充满生的渴望。

一位年轻的护士问那个男人说:"女孩儿的妈妈呢?你为什么不叫她妈妈来?"

男人埋下头,低声地说:"我们离婚很久了,我找不到她。"

护士皱了皱眉头,默默地坐下来,轻轻地握住女孩儿冰凉的手,柔声说:"女儿乖,妈妈在,妈妈在。"

男人抬起头,吃惊地看着护士,少顷,脸上流满泪水地说:"谢谢,谢谢!"

女孩儿唤一声"妈妈",护士答应一声。护士与那个女孩儿差不多年龄,还没结婚。

女孩儿像落水者抓到了一根稻草般死死攥紧护士的手,呼吸慢慢平稳下来。

在以后的日子里,那位护士像一位真正的妈妈那样,寸步不离地守在女孩儿的病床前,握着她的手,给她讲故事,给她轻轻地唱歌……直到那女孩儿完全醒过来。

医生说:"她能苏醒是个奇迹。"

女孩儿说:"我感觉到妈妈用一双温暖的手,一直牵着我,把我从一个黑黑的冰冷的井里拉上来……"

人们把赞扬的目光投向那位充满爱心的护士,护士的脸微微红了,说:"我记得有一句名言,说母爱可以拯救一切。"

　　是啊,我们每一个脆弱的生命,不都是在母爱的呵护、牵引下坚强起来的吗?母爱的力量就是我们生的力量啊!

　　我在感叹母爱伟大的同时,更加钦佩那位年轻的护士奉献母爱的勇气。

大 道 理　母爱的力量可以拯救一切,而作为一个年轻姑娘,奉献母爱的勇气着实令人钦佩,这是母爱的升华,更是一种人间大爱。

第十辑　友情

"海内存知己，天涯若比邻。"朋友像阳光一样给予我们灿烂的光辉，朋友像鲜花一样带给我们迷人的芬芳，朋友像甘露一样滋润着我们的干涸的心田……有了朋友，生命才显出它的价值。

请信任你的朋友

很久以前，在芬兰，有一个名叫麦克德的年轻人触犯了国王。

麦克德是个孝子，在临死之前，他希望能与远在百里之外的母亲见最后一面，以表达他对母亲的歉意，因为他不能为母亲养老送终了。他的这一要求被告知了国王。

国王感其诚孝，决定让麦克德回家与母亲相见，但条件是麦克德必须找到一个人来替他坐牢，否则他的这一愿望只能是镜中花水中月。这是一个看似简单其实近乎不可能实现的条件。有谁肯冒着被杀头的危险替别人坐牢，这岂不是自寻死路！但，茫茫人海，就有人不怕死，而且真的愿意替别人坐牢，他就是麦克德的朋友修兰斯。

修兰斯住进牢房以后，麦克德回家与母亲诀别。人们都静静地看着事态的发展。日子如水，麦克德一去不回头。眼看刑期在即，麦克德也没有回来的迹象。人们一时间议论纷纷，都说修兰斯上了麦克德的当。

行刑日是个雨天，当修兰斯被押赴刑场之时，围观的人都在笑他的愚蠢，那真叫愚不可及，幸灾乐祸的人大有人在。但刑车上的修兰斯，不但面无惧色，反而有一种慷慨赴死的豪情。

追魂炮被点燃了，绞索也已经挂在修兰斯的脖子上。有胆小的人吓得紧闭双眼，他们在内心深处为修兰斯深深地惋惜，并痛恨那个出卖朋友的小人麦克德。但是，就在这千钧一发之际，在淋漓的风雨中，麦克德飞奔而来，他高喊："我回来了！我回来了！"

这真是人世间最感人的一幕。大多数的人都以为自己在梦中，但事实不容怀疑。这个消息宛如长了翅膀，很快便传到了国王的耳中。国王闻听此言，也以为这是痴人说梦。

国王亲自赶到刑场，他要亲眼看一看自己优秀的子民。最终，国王万分喜悦地为麦克德松了绑，并当场赦免了他的罪。

大道理 信任是伸向失望、通向成功的一双手，一个小小的动作能改变一个人的一生，把信任撒向全世界的每一个角落吧，说不定在你的身边就会出现成功的奇迹。

真正的朋友

太阳慢慢地升起来了，万道霞光染红了天空，映红了大海。海面波涛起伏……

张岩望着这壮美的景色心潮起伏。他在海边等一个人，一个阔别多年的朋友。

张岩和王涛是高中同学。张岩是班长，各方面表现出众。王涛为人正直、诚实，学习刻苦。他们是好朋友。

海边是两个男孩常去的地方，他们经常一起去赶海，一边感谢大自然无私的馈赠，一边讨论学习上的问题；他们也经常一起去看日出，当海天一色时，他们一边欣赏着大自然的壮美景色，一边畅谈人生和理想。王涛的见闻广博给张岩留下了深刻的印象。

张岩想当三好学生（当上了三好学生考大学可以加分）。可他的体育1500米跑，只达到合格，却没达到优秀，这可成了他的心病。张岩约王涛到海边，看着海浪一下又一下拍打着岸边的岩石，张岩小心翼翼地说："下周1500米跑测验，你拿自行车带我一段路好吗？"

王涛好像没有听见，半天没说话。他不能答应好朋友的这个要求。他理解这件事对于张岩有多么重要，他知道长跑在短时间内不可能提高太大，他明白自己若答应了，朋友就可实现心愿，别人也不会发现。但是，他仍觉得不应该欺骗老师，欺骗自己，欺骗朋友！

张岩摇了摇王涛的胳膊，王涛说话了："对不起，这一次我真的不能……"没等他说完，张岩扭头而去。

一周过去了，张岩在另一位同学的帮助下过了"关"。

又一周过去了，三好学生名单公布了，没有张岩。据说，是王涛告的密。张岩不理王涛了。老师发现了他们的矛盾，把两人叫到办公室，对张岩说："孔子说过'益者三友……友直、友谅、友多闻'。王涛这么做，不是害你，是帮你，你和他握握手，和好吧？"张岩极不情愿地伸出手，和王涛握了握。

海真的睡醒了，阳光普照下的大海金光灿烂。经过20年的风雨，张岩已经明白了老师的教诲、王涛的苦心。当年他考上大学后，就离开了这个海滨小城。今天，是他回家的第二天，他和王涛再一次相约到海边，重叙友情。

张岩陶醉在海的金色光芒里，陶醉在海的涛声中，这时，他听到身后有人喊："张岩！"他猛回头，看到了一个身材魁梧的中年人，他从中年人的面容中依稀认出是当年的王涛。

他俩终于第二次握手了。

大 道 理 一盏灯火，在照亮别人的同时，也照亮了自己。我们的选择，能不能像这盏灯火，既有利于别人，也有利于自己呢？

高山流水

在很久以前的楚国，有位出名的音乐大师叫俞伯牙，一日坐船来到川江峡口处，突遇狂风暴雨。瞬间，江面上金蛇狂舞，船夫速将船摇到一山崖下抛锚歇息。暴雨停后，伯牙见这高山之间的川江有别样的风韵，不禁犯了琴瘾，就在船上借此情景弹奏起来。他正弹到兴奋处，突然琴弦断了一根，猛抬头看，发现远处的山崖上有个樵夫立在那里聆听，神情十分陶醉。伯牙问道："小哥怎么会在此处？"

那人答道："小人打柴被暴雨拦在此崖，雨停正要回家，忽闻琴声，不觉听上了瘾。"

见樵夫如此说，伯牙高兴地问道："你既然听琴，可知我适才弹的是什么曲子？"

樵夫说道："略知一二，方才大人所弹，乃是您见到雨后山中川江的感慨。大人的琴音有时是那般昂扬雄伟，这就像那巍峨的高山一样啊！有时琴音是那样浩浩荡荡，就像滔滔流水一样呀！琴声太美妙了，琴声里我还听到了山间江水流动的声音，有平缓，有湍急，有曲折，有流畅。"

俞伯牙惊呆了！他想：小哥比我自己弹琴的体会都深。他惊喜万分，急忙推琴而起，拱手作礼道："真是荒山藏美玉，黄土埋明珠！

我遍游五湖四海,寻访知音,今得遇小哥,此生心愿已了。"在两人的交谈中,俞伯牙才知道此人名叫钟子期,虽是个樵夫,可是学识渊博,深谙乐理,具有高尚的志趣和情操,便拉他面对青山作拜,结成刎颈之交。

伯牙又说道:"我与子期弟知音一回,就把刚才弹的曲子起名叫《高山流水》吧!以纪念你我的相交。"次日,艳阳高照,长江口两人洒泪而别。约定来年春暖花开之际在此聚首,以叙衷肠。

时间飞逝,转眼到了约定日期,俞伯牙又驾舟来到长江口,却不见钟子期来与他会面,一打听才知道,子期已于年前病逝!伯牙听了顿时热泪长流。来到子期的坟前捶打着墓碑道:"可怜我遍访天下,才遇到你这么一个知音,你怎么竟先我而去,天地不公呀!我与子期知音一回,在此诀别时,我再弹一曲《高山流水》吧!"

俞伯牙跪在琴前,热泪洒在琴上,仰天叫道:"子期呀,且听伯牙再为你弹一曲吧……"俞伯牙弹完泣不成声,悲怆地说:"从此知音绝矣!"说完,他拿起琴,对着钟子期墓前的石头用力一摔,只听"啪嚓"一声,琴身粉碎。从此俞伯牙终生不再弹琴。

大道理 这真是"伯牙摔琴祭子期,千古知音说到今"。一曲《高山流水》,一段摔琴报知音的佳话,令人唏嘘不已,像钟子期这样的知音,人生若能得到一位,就应相当满足了。

无言的慰藉

一个星期一的晚上,刚刚当上神父的萨特将维拉斯请到教堂,一起商量即将举行的圣公会的筹备方案,很迟他们才分手回家。

萨特刚跨入家门,电话就响了,是维拉斯打来的,说他回到家后,发现他的妻子倒在厨房的地上,已经死了。这天晚上他们还在一起共进过晚餐——她精神很好,看不出有什么不适,没有想到竟然会突然去世了。

萨特得去看维拉斯,这也是他的工作。

萨特步行往维拉斯家走去,这不只是因为路程不远,而且,萨特需要时间考虑一下,到了那里,自己该说什么,做什么,自己对他能有什么帮助?这不同于准备一次布道,因为准备布道有较多的时间,也有书籍可以参考。维拉斯刚刚还和自己在一起谈笑风生,而现在他的妻子,他的伴侣与挚爱,也是他的孩子们的母亲,死了!虽然作为神父,在这种时候出现,是萨特的工作,但萨特真的不知道说什么好。

所以,整个晚上,萨特几乎都处于这种手足无措的状态之中,他始终缄默无语。萨特和维拉斯在起居室里一坐就是几个小时,两个人谁也不说话。其间,萨特只是例行公事般念了几句祷告词。他第一次遇到生离死别的事情,不知道该说些什么。

萨特回家的时候天已经亮了。他颓丧极了:一个神职人员,在别人遭受失去亲人的痛苦时,竟然袖手旁观无能为力,他为此而自责。

两年以后,萨特接到调令,要去另一所教堂担任神父。得知萨特要离开的消息后,许多教民前来与他道别。在这些人当中,萨特见到了维拉斯。维拉斯握住他的手,泪流满面地说:"萨特,没有你,那晚我肯定挺不过来。"

当然,萨特很快能明白对方说的"那晚"指的是什么事情,但他不明白为什么那晚没有他维拉斯就"挺不过来"。那个晚上自己明明是那么无用,那么无能,什么也做不了;也就是那个晚上,萨特痛苦地认识到,自己的语言是多么苍白,力量是多么渺小,既不能让死者复生,又不能让生者感到慰藉。但是,对于维拉斯来说,那晚正是由于有了萨特,他才"挺"了过来。为什么同样的事,他们却有不同的感受?

大道理 我们可能阻止不了不幸的降临,但我们要努力去做一个同情别人的人。不需要太多的语言,只要献出一颗同情的心就足够了。即使只是陪着陷入困境的人静静地坐着。

挚 友

曹禺和老舍两位先生是互相非常敬重的挚友,早在20世纪40年代中期,他们应邀首次作为民间的文化人一同去美国讲学。后来周恩来总理通过曹禺邀请老舍,让他们先后回到北京参加新中国的文化建设。后来在"文革"中,他们又一同被迫害摧残,一位含恨投湖自尽,一位虽然活了下来,精神上却几乎崩溃。记得曹禺在重新获得自由后,总是时时提起"老舍能不能平反?什么时候平反"的问题。

20年前,在老舍的平反追悼会上,曹禺是来得最早又走得最晚的人,他的表现给人留下了难忘的印象。

曹禺脸色蜡黄,精神显得十分疲惫和恍惚,手里拄着拐杖,深一脚浅一脚地走进大厅。他两眼直瞪瞪地径直来到老舍的遗像前,凝视片刻,便深深的鞠了三个躬,然后,嘴角翕动了几下,仿佛心里有着说不完又说不出的话。

当简短的追悼会结束以后,曹禺若有所思地跟随着人群走了出去。然而,谁也没有想到,等大厅完全空寂下来以后,他再次一个人匆匆返回，走到离老舍遗像更近的地方，第二次鞠了三个深深的躬，嘴角依然翕动着。

曹禺再次走出大厅以后还是没有离去，站在门外一句话也不说，像在等着什么。当老舍先生的夫人和舒乙姐弟们捧着老舍的遗像和骨灰盒出来的时候，曹禺竟然挡住了他们的去路，向着遗像和那个并没有骨灰的骨灰盒，第三次鞠了深深的三个躬，这时他的眼睛里已经涌满了晶莹的泪水。

又过了18年，曹禺也谢世了。

在一个小型的追思会上，舒乙来到会场后什么也没有说，走到曹禺的遗像前，恭恭敬敬地鞠了九个深深的躬。显然，这是他代表父亲向曹禺告别的礼赞。

大道理 两位先生之间那亲密的、牢固的、难忘的、对于新中国文化建设有着突出贡献却又带着悲剧色彩的友谊，令人敬佩。

共同的秘密

矿工下井刨煤时，一镐刨在哑炮上。哑炮响了，矿工当场被炸死。因为矿工是临时工，所以矿上只发放了一笔抚恤金，不再过问矿工妻子和儿子以后的生活。

悲痛的妻子在丧夫之后面临来自生活上的巨大压力，她无一技之长，只好收拾行装准备回到那个闭塞且贫困的老家去。这时矿工的队长找到了她，告诉她说矿工们都不爱吃矿上食堂做的早饭，建议她在矿上支个摊儿，卖些早点，一定可以维持生计。矿工妻子想了一想，便点头答应了。

于是一辆平板车往矿上一支,馄饨摊就开张了。8角钱一碗的馄饨热气腾腾。开张第一天就一下来了12个人。随着时间的推移,吃馄饨的人越来越多。最多时可达二三十人,而最少时从未少过12个人,而且风霜雨雪从不间断。

时间一长,许多矿工的妻子都发现自己的丈夫养成了一个雷打不动的习惯:每天下井之前必须吃上一碗馄饨。妻子们百般猜疑,甚至采用跟踪、质问等种种方法来探求究竟,结果均一无所获。甚至有的妻子故意做好早饭给丈夫吃,却又发现丈夫仍然去馄饨摊吃上一碗馄饨。妻子们百思不得其解。

直至有一天,队长刨煤时被哑炮炸成重伤。弥留之际,他对妻子说:"我死之后,你一定要接替我每天去吃一碗馄饨。这是我们12个兄弟的约定,自己的兄弟死了,他的老婆孩子,咱们不帮谁帮。"

从此以后的每天早晨,在众多吃馄饨的人群中,又多了一位女人的身影。来去匆匆的人流不断,而时光变幻之间唯一不变的是不多不少的12个人。

时光飞逝之间,当年矿工的儿子已长大成人,而他饱经苦难的母亲两鬓花白,却依然用真诚的微笑面对着每一个前来吃馄饨的人。那是发自内心的真诚与善良。

更重要的是,前来光顾馄饨摊的人,尽管年轻的代替了年老的,女人代替了男人,但从未少过12个人。经历十几年的岁月沧桑,依然闪亮的是12颗金灿灿的爱心。

大道理 用爱心塑造的承诺,穿越尘世间最昂贵的时光。12个人的秘密一言以蔽之:爱,可以永恒;爱,让人永生。

脆弱的隔膜

一个多小时之后,我才发现错过了高速公路的出口。天色渐晚,我只好从最近的出口下了高速,住进路边一个家庭旅馆,准备明天天亮后再绕回布朗镇。

坐在晚餐桌前,我心事重重地翻弄着盘子里的青豆。

这是一家老式旅馆,窄小的餐厅里只有一张长条餐桌,所有就餐的客人都坐在一起。早已习惯拥有私人空间的我,现在要和一群陌生人同桌吃饭,突然觉得不知所措。环视周围,别人也和我一样不自在,不是盯着自己的杯盘,就是装着看过期的报纸,怕稍一斜视,便有窥探他人隐私之嫌。他们吃饭的动作小心谨慎,不敢冒犯别人的"空间"。我的晚餐要在这么沉闷的气氛中度过吗?

我拿起放在面前的盐罐——餐桌上唯一的盐罐,递给右边的女士。"我觉得青豆有些淡,您或者您右边的客人需要盐吗?"我微笑着说。她愣了一下,但马上露出笑容,向我轻声道谢。

她给自己的青豆加完盐后,便把盐罐传给了下一位客人。不知什么时候胡椒罐和糖罐也加入了公关行列,餐厅里的气氛渐渐活跃起来。

饭还没吃完,全桌人已经像朋友一样谈笑风生了。我们中间的冰层被一只盐罐轻而易举地打破了。

第二天分手的时候,我们热情地互相道别。突然有一个人大声地说:"其实昨天的青豆一点也不淡。"我们都会心地哈哈大笑起来。

大道理 有人曾慨叹人与人之间的隔膜太厚，这隔膜其实很脆弱，问题是敢于率先打破它的人太少。只要每人都迈出一小步，你就会发现，一个微笑，一只盐罐就能打破它。

喜儿糕

默特尔念小学二年级时，有一天，一放学回到家他就扑进妈妈的怀里抽泣着说：

"课间休息时，一个男同学高声说：'默特尔，默特尔，慢得像龟没法逃，长得这样胖怎么好？'然后人人都跟着他说了。他们为什么要嘲笑我？我该怎么办？"

"我想最好的办法，就是既然他们要开你的玩笑，你就跟他们一起闹好了。"

"怎么闹？"

"我们不妨用喜儿糕试一试。"妈妈说，她的眼睛闪闪发亮。

"喜儿糕？"

"对！默特尔的喜儿糕。我们现在就来做。"

很快厨房里就弥漫着烘烤巧克力、椰丝、奶油和果仁的香味。面粉团刚烤成浅咖啡色，妈妈就把蛋糕从烤箱里取出。"你的班上有多少个同学？"她问。

"一共23个。"默特尔回答道。

"那么我就把喜儿糕切成28块。每个学生一块，老师汤姆金斯太太一块，再给她一块，让她带回去给她的丈夫，还有一块给校长——剩下的两块我们现在就吃。"

"明天我开车送你到学校之后,"妈妈说,"会先去跟汤姆金斯太太谈谈。到时候她会叫你的同学排好队,然后一个接着一个地对你说:'默特尔,默特尔,请你给我一块喜儿糕!'跟着,你就从盘子里铲起一块来,放在餐巾纸上,对同学说:'我是你的朋友默特尔,这是你要的喜儿糕!'"

第二天,妈妈所说的全都实现了。从此以后,同学作的第一首打油诗没有人再念了。默特尔反而不时听到同学念道:"默特尔,默特尔,给我烤个喜儿糕!"

此后,妈妈在万圣节、圣诞节和情人节都烤喜儿糕,给默特尔带到学校分给同学们。

昔日嘲笑他的人都成了他的朋友。

大道理 想要别人怎样待你,你就应该怎样待别人;想要人家对你友好,就要率先采取友好的行动。计较一时的得失,将会推垮友谊的桥梁。

第十一辑　成长

每个人在世界上的足迹只印证一次。你走向这里时，就不可能同时走向那里。

人生最大的资本

30年前，在一个冬天的晚上，美国华盛顿一个商人的妻子不慎把一个皮包落在一家医院里。商人焦急万分，连夜去找。因为皮包里不仅有10万美金，还有一份非常重要的文件。

当商人赶到那家医院时，他一眼就看到清冷的医院走廊里，靠墙根蹲着一个冻得瑟瑟发抖的瘦弱女孩，在她怀中紧紧抱着的正是妻子丢失的那个皮包。

原来，这个叫琳娜的女孩，是来这家医院陪病重的妈妈治病的。相依为命的娘儿俩家里很穷，卖了所有能卖的东西，凑来的钱还是仅够一个晚上的医药费。没有钱明天就得被赶出医院。晚上，无能为力的琳娜在医院走廊里徘徊，她天真地想求上帝保佑，能碰上一个好心人救救她妈妈。突然，一个从楼上下来的女人经过走廊时，腋下的一个皮包掉在地上，可能是她腋下还有别的东西，皮包掉了竟毫无知觉。当时走廊里只有琳娜一个人，她走过去捡起皮包,急忙追出门外,那位女士却上了一辆轿车扬长而去。

琳娜回到病房,当她打开那个皮包时,娘儿俩都被里面成沓的钞票惊呆了。那一刻,她们心里都明白,用这些钱可能治好妈妈的病。妈妈却让琳娜把皮包送回走廊去,等丢包的人回来取。妈妈说:"丢钱的人一定很着急。人的一生最该做的就是帮助别人,急他人之所急;最不该做的是贪图不义之财,见财忘义。"

母女俩不仅帮商人挽回了10万美金的损失,更主要的是那份失而复得的重要文件,使商人的生意如日中天,不久就成了大富翁。

虽然商人尽了最大的努力,琳娜的妈妈还是抛下了孤苦伶仃的女儿离开了人世。

被商人收养的琳娜,读完了大学就协助富翁料理商务。虽然富翁一直没委任她任何实际职务,但在长期的历练中,富翁的智慧和经验潜移默化地影响了她,使她成了一个成熟的商业人才。到富翁晚年时,他的很多意向都要征求琳娜的意见。

富翁临危之际,留下一份令人惊奇的遗嘱:

"在我认识琳娜母女之前我就已经很有钱了。可当我站在贫病交加却拾巨款而不昧的母女面前时,我发现她们最富有,因为她们恪守着至高无上的人生准则,这正是我作为商人最缺少的。是她们使我领悟到了人生最大的资本是品行。我收养琳娜既不是为知恩图报,也不是出于同情,而是请了一个做人的楷模。有她在我的身边,我会时刻铭记,哪些该做,哪些不该做,什么钱该赚,什么钱不该赚。这就是我后来的业绩兴旺发达的根本原因,我成了亿万富翁。我死后,我的亿万资产全部留给琳娜继承。这不是馈赠,而是为了我的事业能更加辉煌昌盛。"

大道理 请记住：人生最大的资本不是金钱，而是至高无上的人生准则——品行。品行端正的人，为人处事就会得到别人的赞许。

微笑的力量

前一阵，我有幸访问了越南的胡志明市。那些天，在我下榻的那家饭店外常常出现一个小女孩。她守候在门口，挂着一根拐杖，频频将手伸向进进出出的人。她是个乞丐。每次遇见她的时候，我会握住她伸过来的小手，或是用当地话跟她打一声招呼，冲她笑笑。

在访问的最后一天，我莫名其妙地被困在了饭店门前街道上的车流中。之前我已得到忠告，穿行马路时，直接从车水马龙中穿过去，不必东瞧西看，来往奔驰的车辆自然会给路人让道。但这次，面对熙熙攘攘的车流，我却有些手足无措。

正当我踟蹰不前的时候，一只手忽然搭在了我的胳膊上。低头一看，是那小乞丐，正笑盈盈地抬头看着我。她朝街对面点点头，意思是要带我过街。随后，她领着我，我们一块儿在乱哄哄的路上缓缓穿行，她不停地催我往前走。到了路中央，我忍不住又瞧了瞧她，不由得叫出声来："你笑得真是好看!"

看得出来，她不懂英语，但显然从语气中体会到了我的意思，因为她蓦地伸出双手紧紧拥抱了我一下，当时我们身旁是络绎不绝的车流。

我们俩继续小心翼翼地往前躲避着走，终于有惊无险地来到了人行便道。她勾住我的脖颈往下拽，一左一右亲了两下我的脸，然后一瘸一拐地走了，还不忘回头冲我招招小手，脸上洋溢着灿

烂的笑容。

自始至终，我没有给过她一分钱。我只是面带着微笑，真诚地看待那些靠乞讨为生的人，而不是给他们鄙夷的一瞥。当那只祈求的手伸过来的时候，我只是紧紧地握了一会儿，并且学着用当地语言向人家问候了一声。所有这些都是小事，人人都可以轻而易举地做到，但这又是头等重要的大事，无论是对你自己还是对他人来说。就像德雷莎修女曾说过的一句话："如果你做不了大的善事，你可以做那些细小的，带着伟大的爱去做。"

我到印度旅行时，曾见到一个失去双腿的人坐在马路边。当时我刚看完一个街头舞蹈家的表演，正要返回住处，手上的录音机正播放刚录下的音乐。

这个命运的不幸儿的微笑把我吸引了过去，我们开始高兴地交谈着，用的是那种旅行者浪迹天涯时常用的手势和笑声。

我给他演示录音机如何播放。他怂恿我将小机器给他。我犹豫了片刻就答应了。他仔细地观看手中的玩意儿，然后放声歌唱，是首动听的民歌。哦，我明白了，他是想把这歌声录下来，好让我带回家，作为这次见面的一份礼物。

几分钟前，大家还是互不相识的陌生人，只一会儿工夫，我们就成了相逢恨晚的老友。互相交换姓名时，他的眼睛熠熠闪光。这段情谊非常短暂，但很真挚，它正应了北欧的一句谚语："人人心中都有一位国王。去跟这位国王倾谈，国王就会现身。"

在生活中，和这些再平凡不过的人打交道，我所获得的东西远远超越了金钱的价值，我的人生因而变得愈加充实。

大道理 没有人是无价值的——人人都是一座宝藏，值得你花一番工夫去挖掘，真挚与友善就是你最佳的挖掘工具。

污 点

　　美国新泽西州的一所学校里，有一个这样的班级：这个班共有26名学生，个个都曾有过不光彩的历史，或吸过毒，或进过少年管教所。他们来到这里后，依旧我行我素，家长和老师对他们无可奈何，故而嫌弃他们。

　　新学年开始时，一个新来的女教师接了这个班，她的名字叫菲拉。上第一堂课时，菲拉一反惯例，并不是声色俱厉地训斥，而是意味深长地给孩子们出了这样一道题：在世界现代史上有这样的三个人：第一个人信奉巫医，酗酒成癖，嗜酒如命，有两个情妇；第二个人贪睡，每天到中午才起床，每晚要喝一公斤白兰地，曾因吸食鸦片两次被赶出办公室；第三个人曾是国家战斗英雄，他坚持食素，不吸烟，只是偶尔喝一点儿啤酒，年轻时无违法犯罪纪录。请大家想想，后来这三个人中哪一个能成为造福人类的人？

　　无一例外，孩子们都认为能为人类造福者肯定是第三个人。

　　然而，女教师的答案却出乎大家的意料："你们错了！这三个人都是第二次世界大战期间的风云人物：第一位是富兰克林·罗斯福，身残志坚，连任四届美国总统；第二位是温斯顿·丘吉尔，英国历史上最著名的首相，曾获1953年诺贝尔文学奖；第三个是臭名昭著的阿道夫·希特勒，亲手夺去了几千万无辜生命的法西斯恶魔。"

　　这位女教师太伟大了！

　　她用这样一个启人心智的故事，让孩子们的心灵深处产生了强烈的震撼。孩子们因此懂得了，曾经的污点只能说明过去，根本不能说明现在和将来；而能够说明现在和将来的，唯有自己现在和将来的所作所为。

大道理 *"曾经的污点只能说明过去,根本不能说明现在和将来;而能够说明现在和将来的,唯有自己现在和将来的所作所为"。*这话说得对啊!

鹅卵石

"为什么我们要学这没用的东西?"在我几年来教课所听到的抱怨与疑问中,这句话是最常出现的。我会用下列的传奇故事来回答这个问题。

有天晚上,一群游牧的人正想扎营休息时,忽然被一束强光所笼罩。他们知道神要出现了。带着热切的期待,他们等待着来自上天的重要讯息。

最后,神的声音出现了:"尽力收集鹅卵石。把它们放在你们的鞍袋里。再旅行一天,明晚你们会感到快乐,同时也会感到愧悔。"

神离开后,这些游牧的人都感到失望与愤怒。他们期待的是伟大宇宙真理的揭秘,使他们足以因此创造财富、健康或其他的世俗目的,相反他们却被吩咐去做这件卑贱而无意义的事。他们各自拣拾了一些鹅卵石,放在鞍袋里,虽然他们并不怎么高兴。

他们又走了一天路,当夜晚来临,开始扎营时,他们发现鞍袋里的每一颗鹅卵石都变成了钻石。他们因得到钻石而高兴极了,却也因没有收集更多的鹅卵石而懊悔。

我在早期从事教学时曾有一个学生,名叫阿伦,印证了这则传奇的真理。

阿伦念8年级时,在被退学的边缘摇摆,因为他擅长制造麻烦。他专门欺凌弱小,更是个偷窃高手。

每天我都会叫我的学生背一则伟大思想家的格言。在我点名时，我会用一则格言来点名，学生必须说完这则格言才能算到席上课。

"艾丽丝·亚当斯——没有所谓失败，除非……"

"你不再尝试。我来了，许拉特先生。"

所以，在这年结束时，我年轻的学生已经背了150则伟大的思想格言。

"认为你能，或认为你不能——总有一个对。"

"如果你看到了障碍物，你的眼睛就已远离了目标。"

"所谓犬儒学派，就是指那些知道每一件东西的价格而不懂它们的价值的人。"

当然，还有拿破仑·希尔的："如果你能想到它，相信它，你就能达到它。"

没有人比阿伦更爱抱怨这个每日的例行作业——一直到他被退了学。我有5年没看到他，但有一天，他打电话给我。他假释出狱后，在附近一所学院修习一门专业技术的课程。

他告诉我，当他被送进少年法庭后，被判到加州青少年法院监狱服刑时，他变得对自己非常绝望，拿了一把刮胡刀试图割腕自杀。

他说："你知道，许拉特先生，当我躺在那儿，觉得生命在一滴一滴地流失时，我忽然想到有一天你叫我写20次的那句无聊格言：'没有所谓失败，除非你不再尝试。'忽然它对我起了作用。只要我活着，我就不算失败，但如果我让自己死掉，我绝对是个失败的死人。所以我用仅余的力气求救，开始了新生活。"

当他听到这句格言时，它是鹅卵石。当他身处危机需要指引的那一刻，它变成了钻石。所以我想对你说，尽量收集鹅卵石，你就可以期待一个充满钻石的未来。

大道理 鹅卵石是有分量的，游牧的人不愿多带还情有可原。艺不压身，知识、技术的积累并不像鹅卵石那么沉重，还是尽可能多储备一些，总有一天，它们会变成钻石。

价值

我家在湄河边，外婆在河对面，外婆常来我们家。一次，妈妈和外婆在岭上挖红薯，恰好看见村上有出殡的，那长长送丧队伍，那几十条灵幡，那唢呐的哀号，特别是那悲恸的哭声，牵动了外婆的心。外婆说："好人哩，不是好谁会哭？"母女俩坐在岭上看，外婆抚摸着妈妈的头发，触景生情，对妈妈说了许多话。许多话妈妈过后都忘记了，就只记住了外婆说的一句话：你死了谁会哭？妈妈在村里小学当老师。一天，妈妈在课堂上对学生讲了外婆的那句话。妈妈说，人的生和死同样只有一次，但死比生更珍贵，人活着时做了什么，在死时最能体现出来，一句话：你死了谁会哭？

妈妈生了6个儿女，儿多母苦，妈妈拉扯着我们长大。妈妈苦，可妈妈不说苦。妈妈在冬天里穿一双补了又补的凉鞋不说苦；妈妈在漏风漏雨的教室里当了20余年的代课老师不说苦……妈妈的那点儿薪水，总要帮别人的忙，我们一家成了村里最穷的人。

妈妈终因积劳成疾，过早地离开了我们。妈妈在临死时挣扎着说她还没活够，她还要做许多事，她不能辜负她的妈妈。

全村人都哭了。全村300余人拉成一长溜队伍，送妈妈上山。外婆要是看见，一定会感到欣慰的。

妈妈临死时怎么也不肯合眼,妈妈抚摸着我们的头,似乎想说外婆对她说的那句话……我们跪下,把头伏在妈妈的怀里。

妈妈终于留下一句话:你死了谁会哭?

大道理 人活着要活出自身的价值。人生不是索取,而是付出,你付出得多,得到的就多。世上没有坐享其成的生活,人生就是要奋斗。

孪生兄弟

狄恩和他9岁的儿子杰克一起在后花园放风筝。突然,墙头上的野花把风筝紧紧地缠住了。

狄恩拿来了一架梯子。刚要爬上梯子,杰克说:"爸爸,让我来吧!"狄恩看了看儿子,想了想说:"也好,你来吧。"

杰克像猴子一般爬到梯子的最后一级。然后,他转过头来嘻嘻地对着父亲笑,那笑声像用早晨的牵牛花吹出来的。

当杰克解开了绕在野花上的风筝的线正要下来时,狄恩突然说:"慢着。"

杰克愣住了,望着狄恩,问:"怎么啦?"

狄恩说:"我先讲个故事给你听,你再下来。"

于是杰克笑得更开心了,他一手抓住梯子,一手拿着风筝,等着狄恩给他讲故事,他一直很喜欢听父亲讲故事。

狄恩说:"从前,有个爸爸告诉他那站在一架很高很高的梯子上的儿子说:'你跳下来,爸爸一定会在下面把你抱住。'听到爸爸这么说,儿子很放心,就像在游泳时跑进水里一样,纵身一跳。哪知道,当儿子就要投进爸爸怀抱里的前一秒钟,爸爸的身体一闪,站在一旁。儿子扑了个空,掉在地上。儿子哭闹着爬起来,问爸爸为什么要骗他。爸爸说:'我要给你一个教训,连你爸爸的话都靠不住,别人说的话更不可信了。'"

停了一会儿,狄恩继续说:"我们也像故事里那样做一次,好不好?"

杰克一听,脸都白了。

狄恩说:"不要怕,勇敢一点儿,只要跳一次就行了,我要你留下深刻的印象。免得你以后长大了,容易上人家的当。"

然而杰克还是不敢,他站在梯子上,一动也不敢动。

狄恩开始发号施令了:"听着啊,我喊一、二、三,喊到三的时候,你就跳下来。"

杰克咬紧牙关,忍着泪,从梯子上跳了下来。他等待着自己的身体像一个南瓜一样,"噗"的一声摔下来。

奇怪的是,狄恩的手竟然没有缩回去,他的身体也没移开。他把掉到双手中的儿子,牢牢地抱住了。

杰克疑惑极了,他问爸爸:"你为什么骗我?"

狄恩看了看怀中的儿子,说:"爸爸要让你知道,即使是别人的话,有时候也是可以信的,何况是爸爸的话呢?你要学会自己判断。"

所有的笑容,都回到了杰克的脸上。他搂着爸爸的脖子,认真地点了点头。

大道理 信任与怀疑就像是一对孪生兄弟,在许多时候,由于我们阅历太浅,总是很难辨别这些。所以在做事之前,一定要三思而后行。

时间之梭

从前，在非洲有一个富人，名叫时间。他拥有无数的各种家禽和牲口；他的土地无边无际，他的田里什么都种；他的大箱子里塞满了各种宝物，他的谷仓里装满了粮食。

这个富人拥有这么多的财产，连国外的人也知道了。于是，各国商人远道而来，随同的还有舞蹈家、歌手、演员。各国派遣使者来，只是为了要看一看这位富人，回国后就可以对百姓说，这个富人是怎么生活的，他的样子是怎样的。

富人把牛、羊、衣服送给穷人，于是人们说世界上没有一个人比他更慷慨了，还说，没有看见过时间富人的人就等于没有生活过。又过了很多年，有一个部落准备派出使者去向富人问好。临行前部落的人对使者说：

"你们到时间富人的国家去，要想法见到他，你们回来时，告诉我们，他是否像传说中的那么富有，那么慷慨。"

使者们走了好多天，才到达了富人居住的国家。在城郊遇到了一个瘦瘦的、衣衫褴褛的老头。

使者问："这里有没有一个时间富人？如果有，请您告诉我们，他住在哪里。"

老人忧郁地回答："有的。时间就住在这里，你进城去，人们会告诉你的。"

使者进了城，向市民们问了好，说："我们来看时间，他的声名也传到了我们部落，我们很想看看这位神奇的人，准备回去后告诉同胞。"

正当使者说这话的时候，一个老乞丐慢慢地走到他们面前。

这时有人说："他就是时间!就是你们要找的那个人。"

使者看了看又瘦又老、衣衫不整的老乞丐,简直不相信自己的眼睛。

"难道这个人就是传说中的名人吗?"他们问道。

"是的,我就是时间,我现在变成不幸的人了。"老头说,"过去我是最富的人,现在是世界最穷的人。"

使者点点头说："是啊,生活常常这样,但我们怎么对同胞说呢?"

老头想了想,答道："你们回去后,见到同胞,对他们说：'记住,时间已不是过去的那个样子!'"

又据说,伟大的所罗门王有一天晚上做了一个梦。一位先圣在梦里告诉他一句话,这句话涵盖了人类的所有智慧,让他高兴的时候不会忘乎所以,忧伤的时候能够自拔,始终保持勤勉,兢兢业业。但是,醒来后却怎么也想不起那句话来,于是他召来了最有智慧的几位老臣,向他们说了那个梦,要他们把那句话想出来。并拿出一颗大钻戒,说："如果谁想出那句话来,就把它镌刻在戒面上。我要把这颗戒指天天戴在手上。"

一个星期后,几位老臣来送还钻戒。戒面上已刻上了一句简单的话："这也会过去。"

大道理 时间像海绵,要靠一点一点地挤;时间更像边角料,要学会合理利用,一点一滴地累积,会得到长长的时间。向时间要效益,合理利用时间就是与时间争夺宝贵的生命。

不沉之舰

1912 年 4 月 14 日，号称"不沉之舰"的泰坦尼克号豪华客轮，在它向美洲进发的处女航中，不幸触到冰山遇难，船身开始下沉。

船上 2200 多名乘客开始惊慌地离开沉船，争乘为数不多的救生艇，妇女和儿童先上。这时候，一名中年妇女对着一只已坐满人的救生艇大声喊道："有谁能给我让个位置出来吗？我的两个孩子在那只艇上！"

有人回答说："再没有位置了，再上人，这艇就要沉了！"

"妈妈——"两个孩子眼看就要与妈妈离开，忍不住哭喊起来中年妇女心如刀绞。坐在两位孩子身边的一位陌生姑娘慢慢地站了起来，离开救生艇，回到沉船上，她对那位心痛欲绝的母亲说："现在你的孩子身边有个空位置，你快上去吧。我没有结婚，没有孩子！"

两个小时以后，泰坦尼克号沉没，这位陌生的姑娘同船上 1500 多人不幸遇难。没有人了解她更多的情况，只听说她叫艾文思，是准备乘船回自己在波士顿的家的。但那位获救的母亲和她的孩子们，永远也忘不了这位好心的救命恩人。

大 道 理 有的人把名字刻入石碑想不朽，却没有任何人记住他；有的人只说了那么一句话，做了那么一件事，人们却永远记着他。

第十二辑　生存

热爱生命，珍惜生命，学会锁定生命方舟上那盏明亮的航标灯，用自己的生命之火去增加它的亮度。

生命礼赞

在暴风雨过后的一个早晨，一个男人来到海边散步。他一边沿海走着，一边观察着四周环境。突然他注意到，在沙滩的浅水洼里，有许多被昨夜的暴风雨卷上岸来的小鱼。它们被困在浅水洼里，回不了大海了，虽然近在咫尺。被困的小鱼，也许有几百条，甚至几千条。用不了多久，浅水洼里的水就会被沙粒吸干，被太阳蒸干，这些小鱼都会干死的。男人继续朝前走着。他忽然看到前面有一个小男孩儿，走得很慢，而且不停地在每一个水洼旁边弯下腰去——他捡起水洼里的小鱼，并且用力把它们扔回大海。这个男人停下来，注视着这个小男孩儿，看他忙着拯救小鱼们的生命。

终于，这个男人忍不住走过去说："孩子，这水洼里有成千上万条小鱼，你救不过来的。"

"我知道。"小男孩儿头也不抬地回答。

"哦?那你为什么还要扔?谁在乎呢?"

"这条小鱼在乎!"男孩儿一边回答,一边捡起一条鱼扔进大海,"这条在乎,这条也在乎!还有这一条、这一条、这一条……"

男人听了后,什么也没说,而是弯下腰,跟小男孩儿一样,将困在水洼里的鱼一条一条地扔回大海。

大道理 生命只有一次,每个生命都弥足珍贵。一个人的力量可能救不了所有,但可以尽自己所能,能救一个就救一个,用爱心写下一首首生命的赞歌。

明天的落叶

九台山脚下有座小寺庙,寺庙里有三五位和尚。其中有个小和尚,他每天早上负责清扫寺庙院子里的落叶。

寺庙周围有好多树木,到了秋天树叶黄了,总是成片成片地往下掉。在深秋冷飕飕的清晨起床扫落叶实在是一件苦差事。尤其在秋冬相交之际,每起一次风时,总是有很多很多烦人的树叶,随风飞舞落下,落在小寺庙的每个角落里,似乎是故意在难为小和尚。每天早上都要起个大早,花费许多时间才能把各个角落里的树叶扫完,这让小和尚头痛不已。他一直都想找个好办法让自己不必起得那么早,花费那么多的力气去扫树叶。

他实在想不出什么高明的方法。于是,他去请教了一位同门师哥,师哥说:"师弟,你在明天打扫叶子之前先用力地摇树,把落叶统统地摇下来,后天就可以不用辛苦扫落叶了。"

小和尚觉得师哥的主意是个好办法,于是第二天他就起了个大早,鼓足了劲儿把寺庙里所有的树都摇了个遍。他以为这样就可以把今天和明天的落叶一次扫干净了,明儿早上就可以多睡一会儿了。所以,这一整天小和尚都非常开心。

第二天早上,小和尚满以为院子里会没有树叶了。他高兴地跑到院子一看,却傻眼了,院子里如往日一样是满地落叶。小和尚觉得非常的委屈。老和尚看见了,缓缓地走了过来,摸着小和尚的小秃头,意味深长地说:"傻孩子,无论你今天怎么用力,明天的落叶还是会飘下来啊!"

小和尚终于明白了,明天的树叶是不会今天落下来的。所以,世上有很多事是无法人为提前的,唯有认真地活在当下,才是最真实的人生态度。

大道理 今天有今天的事情,明天有明天的烦恼,每一天都有每一天的人生功课要交,今日事,今日毕,才不会增加明天的烦恼。

珍爱生命

每当深夜来临,常俊总是一个人静静地躺在戒毒所的病床上,透过冰凉的铁窗,看着天上的星星一闪一闪的,常俊觉得那是父母流泪的眼睛。

常俊曾经有一个幸福的家,有爱她的父母和兄长。一次偶然的机会,正在读高二的常俊在好朋友的怂恿下尝试了毒品,从此欲罢不能。一天,常俊因注射毒品过量而昏倒在卧房内,常俊忘不了自己醒来时看见的一切,那是妈妈哭肿的双眼和父亲一晚白了一半的头发!常俊心中像被什么狠狠地蜇了一下,她抱着爸妈哭成了一团。常俊决定去戒毒。

在住院的日子里,父母不分昼夜轮番守候照顾着常俊。当毒瘾如潮水般猛然袭来时,疼痛与瘙痒让常俊痛苦难当,她歇斯底里地吵闹嘶喊,拼命抓扯自己的头发,在地上不停地翻滚,把头使劲往墙上撞,用牙齿猛咬自己的下唇,用指甲狠狠抓挠自己的胸口,希望能够用这些自我摧残的方式来减轻发瘾时那难以名状的痛苦。而每当这时,无助的妈妈只有跪在地上紧紧地将常俊搂在怀中,流着泪反复地说:"女儿啊女儿,你别这样,你可知妈的心有多疼!再忍忍,这场噩梦会过去的,你要坚强啊!"毒瘾过后,常俊常常发现妈妈的脸上已被抓出了条条指痕,手上也被咬出了斑斑血印。在家人的关心和医生们精心地治疗帮助下,常俊逐渐戒断了毒瘾,人也开始有了朝气,原来青灰色的面颊开始变得红润,呆滞无神的眼睛也恢复了往日的光彩。看到常俊又能活蹦乱跳了,爸爸妈妈欣慰地笑了。然而谁也没有想到这只是一时的假象,毒品还是一次次地诱惑着常俊。终于有一天毒瘾难耐的她趁父母放松看护时跑出了医院,找到毒友继续沉沦在白色幽灵的世界中,无法自拔。当家人终于在一间小酒店里找到已经人不像人、鬼不像鬼的常俊时,苍老了许多的母亲竟然跪在地上,流着泪悲痛欲绝地说:"我的女儿,你把毒品给戒了吧,妈跪下求你了!"话没说完,常妈妈便昏倒在地——老人家因为伤心过度并发了脑溢血。这一次,常俊终于下定决心进戒毒所。

逐渐远离了毒品并适应了戒毒所生活的常俊现在开始思考一些问题:比如今后的人生该怎么办,出去后该如何面对生活。常俊知道,戒毒是一个漫长的过程,不能抱有任何的侥幸心理。复吸的诱惑与父母亲情的交战,已在常俊心中留下了深深的烙印。每天早晨常俊醒来的时候,她总要盯着墙上的八个大字想很久,想怎样才能让关心自己的人不再失望,怎样才能让爱自己的人不再伤心。那八个字就是:珍爱生命,拒绝毒品。

大道理 生命如鲜花般美丽，如阳光般灿烂，而毒品就是吞噬这美丽、灿烂生命的恶魔。面对威胁生命的毒品，人人都该坚定地说"不"。

药方

有一位拉小提琴的盲琴师总盼望自己的眼睛能够复明，于是他四处求医，但每次都失败了。就在他心灰意冷决定结束生命的时候，一位好心的医生给他开了一张药方，说这张药方能够治好他的眼病，但是在打开药方之前，他必须为别人不断地演奏并拉断 1000 根弦。

于是，琴师收了位眼睛同样失明的徒弟，开始四处漂泊的演奏生涯。每到一个地方，琴师就为当地的贫苦人民拉上几曲。听到他的琴声，人们都忘记了痛苦，变得快乐起来。感受到这一点，琴师也渐渐变得开朗、乐观了。

很多年过去了，琴师终于拉断了第 1000 根弦，他拿出那张已经发黄的药单，请别人帮他看一下里面的内容。打开药单的人告诉他，上面什么也没有。琴师听了以后，一拍脑袋，恍然大悟，原来医生所开的药方就是"希望"。

此时虽已知道自己复明无望，但琴师的心是十分平静的。为了复明的希望，他年复一年地生存了下来；但就在这漫长的岁月之中，他又发现了更重要的东西，更有意义的生活，那就是为别人带来快乐。多年的流浪生涯使琴师饱经世事，心中的慧眼洞穿了整个人生，此时眼睛能否复明又有什么意义呢？此时，一切都是那么的祥和安静。

于是老琴师又郑重地将这张药方交给他那位热切渴望复明的弟子："流浪去吧,当你为他人拉断 1000 根弦时,就可以打开这张能使人复明的药方。"

大道理 人生在希望中产生意义。可以想象,一个没有希望的人生就像太阳没有了七彩的阳光,会变得黯然、平庸,失去生活的乐趣。

再生

老鹰是世界上寿命最长的鸟类,它一生的年龄可达 70 岁。要活那么长的寿命,它在 40 岁时必须做出一个困难却重要的决定。

当老鹰活到 40 岁时,它的爪子开始老化,无法有效地抓住猎物;它的喙变得又长又弯,几乎碰到胸膛;它的翅膀变得十分沉重,因为它的羽毛长得又浓又厚,使得飞翔十分吃力。

它只有两种选择:等死,或经过一个十分痛苦的蜕变过程——150 天漫长的操练。它必须很努力地飞到山顶,在悬崖上筑巢,停留在那里,不得飞翔。老鹰首先用它的喙击打岩石,直到完全脱落,然后静静地等待新的喙长出来。它会用新长出的喙把趾甲一根一根地拔出来。当新的趾甲长出来后,它便把羽毛一根一根地拔掉。5 个月以后,新的羽毛长出来了。

老鹰开始飞翔,重新再飞翔 30 年的岁月!

大道理 要开创生命新的阶段,我们不得不抛弃旧的习惯、旧的传统,不断发挥我们的潜能,完成生命的蜕变,重新飞翔在蔚蓝的天空上,不断地向生命的理想冲击。

珍惜

美国一家大型的动物园里,新来了一位喂河马的饲养员。老饲养员给他上的第一堂课就让他有点接受不了,听起来也的确有点离奇。老饲养员告诉他:"不要喂河马过多的食物,不要害怕饿着它,以免它长不大。"新来的饲养员听了这话,心里十分纳闷,暗想:"世上怎么会有这种道理呢?为了让动物长大,而不要喂过多的食物,我以前从来没有听过这种话。"

后来,他被分配去饲养一只河马,他把老饲养员的话当做耳边风,拼命地喂他那只河马食物。在他喂养的那只河马池子里,食物撒得到处都是。观赏的游客无不感到他的仁慈和善意。

两个月之后,他在比较中发现,他喂养的这只河马,真的没有什么长进,好像那些食物都白吃了一样;而老饲养员喂的那一只,没有喂给多少食物,却长得飞快。这让新来的饲养员很吃惊,他认为是两只河马自身的素质有差别,老饲养员的那只河马要远远地胜过他自己的那只。老饲养员并没有和新来的饲养员争论什么,建议将两人的河马调换一下。可是不久以后,老饲养员的那只河马又超过了他喂的河马。

他大惑不解,于是去请教老饲养员。老饲养员这时才一语道破天机:"你喂养的那只河马,是食物太多了,它反而拿食物不当回事,挑三拣四,根本就不好好地吃食,自然长不大;我的这一只,总是在食物缺乏中过生活,因此,它十分懂得珍惜,是珍惜使它有所获得,自然长得健壮。珍惜是一种正常的生命反应,甚至是一种促进,是生活中的需要。"

大道理 被珍惜的东西往往是花费很多气力才会得到的，即使它在别人眼中一文不值，我们也会感觉它无比贵重。因为珍惜，我们才获益匪浅；因为珍惜，生命才光彩夺目。

明智的放弃

在茫茫的大海上，有一位商人和他的儿子一起出海旅行。他们随身带了满满一箱珠宝，准备在旅途中将其卖掉，但是他们俩没有透露过这一秘密。

一天，商人偶然听到水手们在交头接耳地议论着什么。原来，他们已经发现了他的珠宝，并且正在策划杀死他们父子俩，以掠夺这些珠宝。他听了之后非常害怕，就在自己的小屋内苦思冥想，试图想出个摆脱困境的方法。儿子问他出了什么事情，商人就把听到的都告诉了儿子。儿子说："把他们杀死。"商人说："他们人太多了。"儿子说："那我们就把珠宝交给他们吧。"商人说："他们还是会把我们杀死灭口的。"儿子说："那就只有把珠宝扔进海里才能够保全性命。"商人尽管很痛心，但为了活命也只有同意了儿子的看法。于是，两个人装作吵架。商人说："我不会让你继承我的遗产的。"说完，就把珠宝倒进了海里。后来，当他们单独一起待在小屋里时，商人说："我们只能这样做，孩子，再也没有其他的办法可以活命！"

不久，轮船驶进了码头，商人同他的儿子赶到了城市的地方法官那里。他们指控了水手们的海盗行为是犯了谋杀罪。法官逮捕了那些水手。法官问水手中是否有人看过商人把珠宝投入大海，水手们都一致说看到过，法官于是判决他们都有罪。法官问道："什么人会弃他一生的积蓄而不顾呢，只有当他面临生命的危险时才会这样做吧!"水手们只得赔偿商人的珠宝,他们也因此而没有被判死罪。

如果商人固执己见,坚持不放弃自己的财宝,那么他就不会活下来。放弃珠宝不但使他活了下来,也使他的珠宝失而复得。可见,有些时候,放弃是保全自己的最好办法。

大道理 人生路上,往往会遇到许多艰难的选择。记住,有时候,放弃是保全自己的最好办法。把握时机,保全自己,也是人生一大快事。

孝顺

单位门口是闹市区,常有三轮车夫在此路段等客、拉客。

有一次我去单位门房办事,恰逢一前来要水喝的老车夫。他主动和我搭讪,并从兜里掏出香烟给我。他掏出的烟盒很是让我惊讶,是20元一包的"金南京"!在我们的心目中,一天只挣一二十元的他们通常只抽一两元钱的廉价烟,我觉得这个老车夫很特别。

接过他的香烟仔细一看,原来是一角钱一支的"大前门"。我笑了笑,没说什么。他露出憨厚而淳朴的笑容说:"想想自己能抽20元一包的香烟,心里感觉很舒服,浑身有使不完的劲儿。"

后来听门卫老头儿说那个车夫真不简单,老婆常年卧病在床,还供一个儿子上名牌大学。我对他乐观的心态肃然起敬。

一天快下班的时候,突然下起了倾盆大雨,那个蹬车的老车夫在单位门房躲雨喝茶。大雨早已淋湿了他,雨水在他像梯田一样纵横交错的皱纹间缓缓流下。我问他今天拉客怎么样,他说不怎么样,凑合。说完他又给我掏香烟,这次他掏的香烟更上档次,是50元一包的"中华"香烟。这巨大的反差让我有点儿纳闷。他自豪地说:"儿子得了一等奖学金,是他买给我的!"那神情十分夸张,眉宇间洋溢着喜悦、满足。我说:"你儿子真孝顺啊!"

我正在抽着他的烟,一个穿着雨衣,白白净净的一脸书生气的小伙子走进传达室,对着老车夫说:"爸,回家吧,今天你不用蹬车,我来蹬车拉你回家。"说完拿出毛巾,给老车夫擦去脸上的雨水。我说:"你爸爸真了不起啊,培养了你这样一个孝顺懂事的大学生。"

他说了句让我惊诧不已的话:"多年前我爸爸还是个代课教师呢,他说如果不能拥有美好的人生,那也一定要有美好的人生观!"

儿子蹬车,老子坐车。望着渐渐消失在茫茫大雨中的父子俩,我的心慢慢湿润起来。

大道理 如果不能拥有美好的人生,那也一定要有美好的人生观。只有拥有美好的人生观,一切才有希望,美好的人生才能实现。

两支笔

如果说人生是一本书的话,那么写这本书的是两支笔。

一支笔写成长,一支笔写衰老。成长不是为了衰老,但成长必然走向衰老。成长的时候不要怕,成长的时候不要悔。

一支笔写前进,一支笔写后退。大街、车站、机场,看那些来来往往的人群,谁能说清,哪一个是在前进,哪一个是在后退?有的后退是为了前进,有的前进却导致了后退。

一支笔写快乐,一支笔写烦恼。如果说人生是一辆载重的车,那么快乐和烦恼就是支撑它的两个车轮。有沉重,才会有轻松;

有痛苦，才会有欢乐。我们期盼快乐，但不害怕烦恼。屈服于烦恼会更烦恼;战胜烦恼才能孕育新的快乐。

一支笔写成功，一支笔写失败。没有人不希望成功，因为成功是对自己辛劳的最好报答,是对自己能力的最好证明。但我们的许多智慧,却往往来源于失败。这正如作家斯迈尔斯所言:"了解了什么行不通,才发现了什么行得通。"

一支笔写他人，一支笔写自己。任何一个人都不能离开他人而独立生存。所以，在人生这本书上。应该写自己的梦幻，自己的奋斗，自己的辉煌;也应该写他人的价值，他人的慷慨，他人的奉献。因为越是抬高自己，自己就越孤立。

一支笔写未来，一支笔写过去。每个人都有未来，也只能寄希望于未来。因为无论过去多么成功，多么灿烂，都无法留住和挽回。所以，不管你过去写下的是亨通和腾达，还是辛酸和眼泪，现在都需要拿起另一支笔，描绘美好的蓝图，展望未来的壮丽。

有一个国王,要一位大臣用一句话来概括世界六千年的发展史。这位大臣说:"他们出生了,受了苦,又死了。"也许,这就是人生的最好解释。

大 道 理 人生无论是为了"受苦"，还是为了"享乐"，既然来到这个世上，就得奋斗一回，拼搏一回，呐喊一回，闪亮一回。既是为了他人，也是为了自己。

第十三辑　智慧

当面临选择时，不要惊慌，用智慧的大脑去分析，去判断，在该作决定的时候当机立断。是智者，就会在恰当的时候作出恰当的选择。

主题

有一个美国人叫乔治，在他的记忆中，父亲一直就是瘸着一条腿走路的，他的一切都平淡无奇。所以，他总是想，母亲怎么会和这样的一个人结婚呢？

一次，市里举行中学生篮球赛，乔治是队里的主力。他找到母亲，说出了他的心愿——他希望母亲能陪他同往。

母亲笑了，说："那当然。你就是不说，我和你父亲也会去的。"

乔治听罢摇了摇头，说："我不是说父亲，我只希望你去。"

母亲很是惊奇，问："这是为什么？"

乔治勉强地笑了笑，说："我总认为一个残疾人站在场边，会使得整个气氛变味儿。"

母亲叹了一口气，说："你是嫌弃你的父亲了？"

父亲这时正好走过来，说："这些天我得出差，有什么事，你们商量着去做就行了。"

比赛很快就结束了,乔治所在的队获得了冠军。

在回家的路上,母亲很高兴,说:"要是你父亲知道了这个消息,他一定会放声高歌的。"

乔治沉下了脸,说:"妈妈,我们现在不要提他好不好?"

母亲接受不了他的这种口气,提高了声调,说:"你必须要告诉我,这是为什么。"乔治满不在乎地笑了笑,说:"不为什么,就是不想在这时提到他。"

母亲的脸色凝重起来,说:"孩子,这话我本来不想说,可是,我再隐瞒下去,很可能就会伤害到你的父亲。你知道你父亲的腿是怎么瘸的吗?"乔治摇了摇头,说:"我不知道。"

母亲说:"那一年你才两岁。父亲带你去花园里玩,在回家的路上,你左奔右跑。忽然,一辆汽车疾驰而来,你父亲为了救你,左腿被碾在了车轮下。"

乔治顿时惊呆了,说:"这怎么可能呢?"

母亲说:"这怎么不可能呢?不过这些年你父亲不让我告诉你罢了。"母子二人慢慢地走着。母亲说:"有件事可能你还不知道,你父亲就是布莱特,你最喜欢的作家。"

乔治更加惊讶地蹦了起来,说:"你说什么?我不信!"

母亲说:"这其实你父亲也不让我告诉你。你不信可以去问你的老师。"

乔治急忙向学校跑去。

老师面对他的疑问,笑了笑,说:"这都是真的。你父亲不让我们透露这些,是怕影响你的成长。但现在你既然知道了,那我就不妨告诉你,你父亲是一个伟大的人。"

两天以后,父亲回来了,乔治问父亲:"你就是大名鼎鼎的布莱特?"

父亲愣了一下,然后就笑了,说:"我就是写小说的布莱特。"

乔治拿出一本书来,说:"那你先给我签个名吧!"

父亲看了他片刻,然后拿起笔来,在扉页上写道:赠乔治,选择其实比什么都重要。

多年以后,乔治成为一名出色的记者。这时,如果有人让他介绍自己的成功之路,他就会重复父亲的那句话:选择其实比什么都重要。

大道理 选择让人生有了明确的主题;选择会让你越过困扰你的难题;选择让你体会生活的美妙;选择带你进入人生辉煌的音乐厅。抬起头来,用心作出你的选择。

选择

里德是个不同寻常的人。他的心情总是很好,而且对事物总是有正面的看法。当有人问他近况如何时,他会回答:"我快乐无比。"

他是个经理,却是个独特的经理。因为他换过几个公司,而有好几个职员都跟着他跳槽。他天生就是个鼓舞者。如果哪个朋友心情不好,里德就会告诉他怎样去看事物的正面,这样的生活态度实在让我好奇。

终于有一天我对里德说:"这很难办到!一个人不可能总是看事情的光明面。你是怎么做到的?"

里德答道:"每天早上我一醒来就对自己说,里德,你今天有两种选择,你可以选择心情愉快,也可以选择心情不好。我选择心情愉快。每次有坏事发生时,我可以选择成为一个受害者,也可以选择从中学些东西,我选择从中学习。每次有人跑到我面前诉苦或抱怨,我可以选择接受他们的抱怨,也可以选择指出事情的正面。我选择后者。"

"可是有那么容易吗?"我立刻问道。

"就是有那么容易。"里德答道,"人生就是选择。当你把无聊的东西都剔除后,每一种处境就是面临一个选择。你选择如何去面对各种处境,你选择别人的态度如何影响你的情绪,你选择心情舒畅还是糟糕透顶。归根结底,你自己选择如何面对人生。"

我受到里德一番肺腑之言的影响,没有多久就去开创自己的事业了。后来,我们失去了联系,但我却经常想到他。

几年后,我听说里德出事了。那是有一天早上,他忘了关后门,被3个持枪的强盗拦住了,强盗因为紧张而受了惊吓,对他开了枪。幸运的是,里德被及时发现了,被送进了医院急诊室。经过18个小时的抢救和几个星期的精心照料,里德出院了,只是仍有小部分弹片留在他的体内。

事情发生后三个月,我见到了里德。我问他近况如何,他答道:"我快乐无比。想不想看看我的伤疤?"我看了他的伤疤,又问他当强盗来时,他想了些什么。"我脑海中浮现的第一件事是,我应该关后门。"里德答道,"当我躺在地上的时候,我对自己说有两个选择:一个是死,一个是活。我选择了活。"

"你不害怕吗?你有没有失去知觉?"我问道。

里德继续说:"医护人员都很出色。他们不断告诉我,我会好的。但当他们把我推进手术室后,我看到他们脸上的表情,从他们的眼中我看到了'他是个死人'。我知道我需要采取一些行动了。"

"你采取了什么行动?"我好奇地赶紧问。

"有个身强力壮的护士大声问我问题,他问我:'有没有对什么东西过敏?'我马上答道:'有的。'这时,所有的医生护士都停下来等着我说下去。我深深地吸了一口气,然后大声吼道:'子弹!'在一片大笑声中,我又说道:'我选择活下来,请把我当活人来医,而不是死人。'"

里德活了下来,一方面要感谢医术高明的医生,另一方面得感谢他那乐观的生活态度。

大道理 选择悲伤,还是选择快乐;选择生,还是选择死,决定权往往在你自己的手中。将命运掌握在自己手中,你的生命将更有色彩。

断箭

春秋战国时代,一位父亲和他的儿子出征打仗。父亲能征善战,而且战功显赫,已经做了将军,儿子初生牛犊,还只是马前卒。又一阵号角吹响,战鼓雷鸣,万马奔腾。父亲庄严地托起一只精致无比的箭囊,但是箭囊里只插着一支箭。父亲郑重地对儿子说:"这是家传宝箭,带在身边,力量无穷,但千万不可抽出来。记住了吗?"

那是一个极其精美的箭囊,使用上等的牛皮打制,镶着光灿灿的金边儿,再看露出的箭尾,一眼便能认定是用上等的孔雀羽毛制作的。儿子看着这支精美的箭,喜上眉梢,浮想联翩,贪婪地想着箭杆、箭头的模样,想着自己金戈铁马,勇猛非常,横扫千军,顷刻间便飞马至敌方大营,用家传宝箭瞄准敌军主帅。敌将应声折马而毙,敌军土崩瓦解。

儿子接下令牌出战。果然,配带宝箭的儿子英勇非凡,所向披靡。当鸣金收兵的号角吹响时,儿子得胜豪气冲天,完全背弃了父亲的叮嘱，强烈的欲望驱使他呼的一声就拔出宝箭，试图看个究竟。骤然间他惊呆了。

一支断箭，箭囊里装着的仅仅是一支折断的箭。

我一直挎着一支断箭打仗！父亲在欺骗我吗？儿子顿时吓出了一身冷汗，仿佛失去支柱的大厦，突然之间，全身无力，本来高昂的斗志坍塌了。他没有了战斗下去的意志。

儿子战战兢兢，一不小心被流矢击中，掉落马下。就这样，儿子惨死于乱军之中。

战斗结束了，拂去灰蒙蒙的硝烟，父亲又捡起了那只断箭，心情沉重地叹了一口气道："不相信自己的意志，永远也做不成将军。"

大道理 选择把生命寄托在一支宝箭上，多么愚蠢；把生命的核心交给别人，又是多么危险！选择相信自己，做一支锋利、坚韧、百步穿杨的箭，生命才会有依靠。

懦弱与明智

一位阿拉伯商人到印度经商，赚了一大笔钱后，买了一群骆驼，并雇佣了十几个护路的工人，一起返回阿拉伯。途经沙漠的时候，遇到十几个带着刀剑的强盗。强盗说："你们如果留下所有的骆驼，就可以安然离去。"护路的工人不肯，他们说："我们是受雇来保护骆驼的，为了保住骆驼，哪怕失去自己的性命，也会和你们力拼到底，你们打消抢劫的念头吧。"

双方剑拔弩张，眼看就要展开打斗，阿拉伯商人主动出来讲和，他说："如果你们能保证我们所有人都安全离开，我愿意把所有的骆驼送给你们。"强盗答应了，商人和护路工们继续前进。

一路上,护路工们都责备商人,不该把骆驼白白送给强盗,这样做太懦弱了,应该不顾流血牺牲地去保护骆驼才对。

商人并不多说,他对护路工们说:"我雇请你们保护骆驼,你们只能得到一点儿工钱,用不着为了工钱牺牲自己的性命。"

于是,他邀请护路工们到家里做客,并领取该得的工钱。当护路工们到达商人的家时,他的妻子和儿女都出来热情地欢迎,护路工们这时才发现,商人有着美丽贤惠的妻子和可爱的儿女。

阿拉伯商人这时才向他们说出在沙漠中把骆驼送给强盗的心情。他说:"为顾及贤惠的妻子和可爱的儿女,我不可能为了钱财而冒生命危险。在沙漠中若与强盗决战,我和各位都有可能牺牲生命,假如有幸死里逃生,却失去一只眼,或者折断一条腿,受了重伤,我的家人会多么痛心,我的钱财再多又有什么用呢?各位家里都有妻子儿女、父母兄弟,为了他们,我们应该珍惜生命,家人胜于一切财物。"

护路工们听了,想到自己的家人,这时才知道阿拉伯商人不是懦弱,而是明智。

大道理 金钱能买的东西,到最后都会变得不值钱。而家人的爱却是金钱买不来的。因此,这世上没有任何财物的价值可以和家人的爱相比。选择爱才是最明智的。

你跑向哪里

父亲出外打猎,扛着长枪,沿着树林内一条几乎已被树木遮盖的伐木道路前进。他边走边敏锐地观察着周围。那时已经是黄昏了,太阳已经下山了,他正打算返回营地,附近的树丛中突然传出一阵"刷刷"的声音。当他迅速地端起长枪时,只见一团棕白色的斑点向他直奔过来。

那一切发生得太快了，父亲根本没时间去想，那团棕白的斑点已经在他的脚下了。他往下一看，是一只小野兔，缩在他的一双皮靴之间。看它的样子，已经是精疲力竭了。那小东西累得全身发抖，但它就这样蹲在那里，动也不动。

真是奇怪，野兔本来都很怕人，而且很不容易被人看见——更别说跑过来坐在人的脚下了。

父亲正为此事纳闷，还以为又会发生现代版的守株待兔。

此时另一个角色出现了。在二十码开外的树丛里，一只黄鼠狼冲了出来。当它看见持枪的父亲和蹲在他脚下的猎物时，便突然停下追逐的脚步，眼睛发红，嘴里发出急促的喘息。

此时，父亲才明白他介入了森林里一场小型生死斗。小野兔已经被追逐得精疲力竭，正面对着死神般的黄鼠狼，父亲成了它生存下去的最后希望。小家伙忘记了本能的恐惧和提防，自然而然地靠拢在父亲的腿边，逃避无情敌人的利齿。

父亲没有令小野兔失望，他举起枪故意朝着黄鼠狼前面的泥土射击。黄鼠狼听见枪响，本能地跳跃起来，然后竭尽全力往森林飞奔而去。好一阵子，小野兔没有动弹，它只是趴在那里，在父亲的脚下缩成一团，于是童心大发的父亲在微光下对它温柔地说："它已经被我吓跑了，我看它不会再来找你麻烦了，今晚你已经逃过了一劫。去吧，小家伙！"

不久兔子便离开了父亲返回了森林。

大道理　当你有所需要，你会选择往哪里跑？当你力气用尽，你会选择转向何方？当软弱使你无力前行，你会选择走向何处？

墨守成规

我的老家在一个偏远的山村,因盛产板栗而闻名,每到深秋,漫山遍野的板栗挂在枝头。当地山民最忙碌的日子也随之到来。

因新鲜的板栗最为抢手,所以谁都希望自家板栗能够先人一步运到城里,卖上好价钱。竞争自然十分激烈。大家争先恐后地从山上采摘果实,然后运回家里,将刚刚收获的板栗悉数倒出。全家老小围成一圈,依其个头大小进行遴选、分级,再马不停蹄地沿着新修的乡村公路运到城里批发销售,就像是在和时间进行一次赛跑。

可尽管每个人都在分秒必争,但他们发现自己始终要比村里的石根慢半拍。每次当他们心急火燎地赶到果品市场时,石根却已喜滋滋地开着空车往回返了。

几年下来,都是如此。人们不禁疑窦顿生:"咦,这小子难道有啥捷径?"

终于有一天,几个饱尝压价之苦的山民,将笑逐颜开的石根"劫"进了饭馆,向他探寻总是抢先一步的捷径。

石根惬意地呷着酒,两眼眯成了一条缝,不以为然地说:"咳,俺哪有啥捷径?只不过每次摘完板栗,俺就直接装进麻袋里,撂上车,专拣坎坷不平的山路走,一路颠簸下来,小的就漏到了下面,大的便留在上面,这样就省去了用来分级、挑选的时间……"一语道破迷津,众人愕然。

大道理 一帆风顺的旅途只能酿就墨守成规的思维,而人生中的捷径从来都是在经历了颠簸与坎坷之后才赫然闪现。

国人的疯狂

在遥远的地方,有一个国家,时常会下"狂雨"。

当狂雨下的时候,流进江湖、池塘、河井,人只要喝了一口,立刻就疯狂了。狂雨并没有解药,要经过七天,才会自然地清醒过来。

由于全国的人都是同时疯狂,又同时清醒,大家也不以为然,认为一起疯狂、一起清醒是正常的事。

后来,这个国家的国王开始留意:为什么国人会同时陷入疯狂之中呢?他发现问题出在雨水,于是,在皇宫里盖了一口井,让雨水不会渗入。

有一天,天上又下起了狂雨,全国的人民都陷入疯狂,朝中的文武百官也不例外,他们完全废除了礼教,脱光身上的衣服,用泥土涂在头上,迷迷糊糊地上朝,歪歪斜斜地坐在上朝的厅堂。

只有国王是清醒的,他穿着干净的王服,庄严地坐在龙椅上,并且试图叫大臣们清醒,以议国事。

大臣们看到国王坐得那么端正,穿得那么威仪,反而觉得十分奇怪,在厅内议论纷纷:"陛下是不是疯狂了,怎么穿的都和我们不同呢?"

"我看陛下是疯狂了,不然,不会站没站相,坐没坐相。"

"陛下确实是疯狂了,你们听,他自己疯狂了,还大声呵斥我们,叫我们不要疯狂。"

"这下糟了,我们不能要一个狂人当国王呀!这不是小事,我们要一起想想办法。"

于是,大臣们密商要杀害国王,另立新王,他们的议论传入国王耳里,国王十分担心,心生一计,对大臣们说:"你们不必烦恼,我只是身体不舒服,我有很好的药,吃下去就没事了。你们稍等一下,我去吃了药就回来。"

国王走进宫中,学群臣的样子,脱光衣服,用泥土涂在脸上,然后走回大殿。大臣们看了都拍手叫好,互相庆贺地说:"国王的病治好了,陛下终于恢复正常,真是太好了!"自始至终,大臣们都不知道自己是疯狂的。

7天之后,大臣们自然地醒了,内心都非常惭愧,穿好衣冠来上朝。当他们安静地走进厅堂,都大吃一惊,他们看到国王脱光衣服,脸上还涂着肮脏的泥土,斜躺在龙椅上。

大臣们就问道:"陛下平时很圣明、很有智慧,为什么我们疯狂的时候,陛下不疯狂;我们不疯狂的时候,陛下反而疯狂了呢?"

国王说:"有智慧的人,心态安定,不会散乱,我的心一向都是这么清醒安定的,我只不过是想让你们见识一下你们疯狂时的样子啊!"

大 道 理 有智慧的人,心态安定不散乱。心态安定,才能把什么事都看得清清楚楚,才能让愚昧者见识他们的愚昧之处。

道行

寺院里接纳了一个年方16岁的流浪儿,这个流浪儿头脑非常灵活,给人一种脚勤嘴快的感觉。灰头土脸的流浪儿在寺里剃发沐浴之后,就变成了干净利落的小沙弥。

法师一边关照他的生活起居,一边苦口婆心、因势利导地教导他为僧做人的一些基本常识,看他接受教诲比较快,又开始引导他习字念书、诵读经文。就在进修的时候法师发现了小沙弥的致命弱点——心浮气躁,喜欢张扬、骄傲自满。例如,他刚学会几个字,就拿着毛笔满院子写、满院子画;再如,他一旦领悟了某个禅理,就一遍遍地在法师和其他僧侣们炫耀;更可笑的是,当法师为了鼓励他,刚刚夸奖他几句,他马上就在众僧面前显摆,甚至把任何人都不放在眼里,大有唯我独尊、不可一世之势。

为了纠正他的不良行为和作风,法师想了一个启发、点化他的方案。一天,法师把一盆含苞待放的夜来香送给这个小沙弥,让他在值更的时候,注意观察一下花的生长状况。

第二天一早,他欣喜若狂地抱着那盆花一路招摇地找上门来,当着众僧的面大声对法师说:"您给我的这盆花太奇妙了!它晚上开放,清香四溢,美不胜收。可是,一到早晨它又收敛了它的香花芳蕊……"法师温和地对小沙弥说:"它晚上开花的时候,吵到你了吗?""没,没有。"小沙弥急忙说,"它的开放和闭合都是静悄悄的,哪能吵我呢。""哦!原来是这样啊。"法师以一种特殊的口吻说,"老衲还以为花开的时候得吵闹着炫耀一番呢。"

小沙弥愣怔一阵后,脸一下就红了,嗫嚅地对法师说:"弟子领教了,弟子一定痛改前非!"

大道理 山深愈幽,水深愈静。真正有学问有道行的人、真正成功和芬芳的人生,是不会张扬和炫耀的。

一分为二

1860年大选结束后的几个星期,有位叫巴恩的大银行家看见参议员萨蒙·蔡斯从林肯的办公室走出来,就对林肯说:"你不要将此人选入你的内阁。"林肯问:"你为什么这样说?"巴恩答:"因为他认为他比你伟大得多。""哦?"林肯说,"你还知道有谁认为自己比我要伟大的""不知道了。"巴恩说,"不过,你为什么这样问?"林肯回答说:"因为我要把他们全部收入我的内阁。"

后来的事实证明,这位银行家的话是有根据的,蔡斯的确是个狂态十足的家伙。不过,蔡斯也的确是个大能人,林肯十分器重他,任命他为财政部长,并尽力与他减少摩擦。蔡斯狂热地追求最高领导权,而且嫉妒心极重。他本想入主白宫,却被林肯"挤"掉了,他不得已而求其次,想当国务卿。林肯却任命了西华德,他只好坐第三把交椅,因而怀恨在心。

一天,《纽约时报》的主编亨利·雷蒙特来见林肯。当他谈到蔡斯正在狂热地追求总统职位的时候。林肯给他讲了一个小故事。林肯用他那特有的幽默神情讲道:"雷蒙特,你不是在农村长大的吗?那么你一定知道什么是马蝇了。有一次我和我的兄弟在肯塔基老家的一个农场犁玉米地,我赶马,他扶犁。那匹马很懒,但有一段时间它却在地里跑得飞快,连我这双长腿都差点儿跟不上。到了地头,我发现有一只很大的马蝇叮在它的身上,于是我就把马蝇打落了。我的兄弟问我为什么要打掉它。我回答说,我不忍心让马被咬。我的兄弟说:'哎呀,正是这家伙才使得马跑起来的嘛!'"最后,林肯意味深长地说,"如果一只叫'总统欲'的马蝇正叮着蔡斯先生,那么只要它能使蔡斯的那个部不停地跑,我就不想去打落它。"

大道理 在生活与事业中,我们要像林肯那样,一分为二,辩证对待事物,利用许多表面看起来对我们不利的因素,达到自己的目的。

读 书 笔 记

＿＿年＿＿月＿＿日